山田社

山田社

絶對合格 日檢必考單字

用填空背單字&情境網

N4

新制對應！

吉松由美、林勝田 ◎著

學日語挖寶找創意，讓自己發光發熱！
必背單字！這樣背下來考試想丟分都難！
日語單字就要這樣學，誰能理解，誰就開竅，
接下來就是，爽到手舞足蹈，放聲尖叫！

5 效合一的高速合格學習法
最短時間，過目不忘，長久深入記憶

生活情境分類＋類對異詞，大量串聯單字
趣味圖像記憶＋單字填空，完全刻入腦海
外加 3 回實戰日檢模擬考題，讓您一次合格！

高分通過日檢，同時聽得懂、說得好，
能運用自如的人，學習單字必須有 4 個要素：

① 精通：想精通日語，可以先讀透「一本書單字」，也就是反覆反覆再反覆到真正學會了。
② 分類：作夢是圖像，記憶也是。要背單字，當然是將單字分門別類，以各種情境來記最快囉！
③ 劇場：把搭配單字的每一個句子都當作一個小劇場，去想像景象。每個句子會有不同時間、各種話題，融合豐富又有趣的文化內容，就可以深度學習日語單字。
④ 跟讀：像影子一般不斷跟讀句子，這樣可以訓練耳朵能聽到更細的單字，動詞、助詞、副詞…還有句中各種表達方式，一直到自己能不用思考，就能如反射動作般說出日文、應用日文。長期下來口音就會愈來愈像日本人。

本書幫您網羅日檢必考 N4 單字，清楚引導學習方向，讓您短時間內就能掌握重點，節省下數十倍自行摸索的時間。再本著利用「喝咖啡時間」，也能「倍增單字量」、「高分通過新日檢」的意旨，將單字細分成諸多生活情境小單元，讓您不論是站在公車站牌前發呆，或是一個人喝咖啡等人，都能走到哪，學到哪。可別小看這些「瑣碎時間」，積少成多，不知不覺就能擁有充足的學習量，輕鬆通過新制日檢！

最後用最聰明的學習方法，成為您應考的秘密武器，事倍功半：

★「分類學習」：主題串聯記憶，單字量瞬間暴增數倍。

★「單字類對義詞」：雙重記憶，更好吸收。

★例句填空測驗：學完立即複習，累積超強應考實力。

★例句＋同級文法：同步學習 N4 文法，一舉兩得。

★速記趣味插圖：啟動右腦圖像記憶。

★ 3 回全真單字模擬試題：密集訓練提升臨場反應力。

用對方法，幫您打好單字底子，引導您靈活運用，更讓您在考前精確掌握出題方向和趨勢，累積應考實力。進考場如虎添翼，一次合格。

本書特色：

❶ 考官常考類、對義詞，多管齊下，強化您的日語「核心肌群」：

配合新制公布的考試範圍，精選出 N4 命中率最高的單字，並將中譯解釋去除冷門字義，並依照常用的解釋依序編寫而成。讓您在最短時間內，迅速掌握出題的方向！同時為您統整列出單字的類．對義詞，讓您精確瞭解單字各層面的字義，活用的領域更加廣泛。

此外，新制單字考題中的「替換類義詞」題型，是測驗考生在發現自己「詞不達意」時，是否具備「換句話説」的能力，以及對字義的瞭解度。此題型除了須明白考題的字義外，更需要知道其他替換的語彙及説法。為此，書中精闢點出該單字的類義詞，對應新制內容最紮實。

❷ 情境串聯單字，過目不忘：

本書將必考單字依照「詞義」分門別類化成各「生活情境」篇章，例如：教育、職業、住家、經濟…等等。讓讀者從「單字→單字成句→情境串連」式學習，同類單字一次記下來。就像把單字分類收進不同的抽屜，碰到使用場合，啟動整串單字的聯想記憶。迅速增加單字量，頭腦清晰再也不混淆。

❸ 活用小劇場般例句＋文法，同步掌握應考雙重點：

背過單字的人一定都知道，單字學會了，要知道怎麼用，才是真正符合「活用」的精神。至於要怎麼活用呢？書中每個單字下面帶出 1 個例句（想像成一個小劇場），例句精選該單字常接續的詞彙、常使用的場合、常見的表現、常配合的 N4 文法等等。從例句來記單字，加深了對單字的理解，對根據上下文選擇適切語彙的題型，更是大有幫助，同時也紮實了文法及聽説讀寫的超強實力。

❹ 打鐵趁熱填空複習，手寫加深記憶軌跡：

例句不只能讓讀者同步學習閱讀能力及會話，例句中的單字部分更是挖空，讓讀者在學完一頁單字後立即驗收學習成果，針對不熟悉的部分再次複習，吸收效果絕佳。同時透過書寫，加深對漢字及單字的記憶，並讓讀者主動思考動詞與形容詞的變化，再次強化讀寫及口説能力！

❺ 小插圖輕鬆記，毫不費力氣：

書中善用大腦對於圖像記憶的敏感度，書中穿插圖片搭配單字，透過具體的畫面連結單字記憶，讓可愛又貼切的插圖，傳達比文字更精準的意思，讓您看過就記得、記住忘不了，同時給您翻閱雜誌一般精彩又充滿新奇的學習體驗！把短期記憶快速植入長期記憶！

❻ 高分關鍵，全真模試密集訓練，熟透日檢題型：

最後給您 3 回跟新制考試形式完全一樣的全真模擬考題，按照漢字讀音、假名漢字寫法、選擇文脈語彙及替換同義句子 4 種不同的題型，告訴您不同的解題訣竅。讓您在演練之後，不僅能即時得知學習效果，並充份掌握考試方向與精神，以提升考試臨場反應。就像上過合格保證班一樣，成為新制日檢測驗王！

❼ 不出國這樣練出日語口說力＆敏鋭日文耳，全面提升應考力：

日檢中的聽力是許多人難以克服的考題，為此，本書附上日籍教師專業錄音的線上音檔，幫助您熟悉日語語調及正常速度。只要充分利用生活中一切零碎的時間，反覆多聽，在密集的刺激下，把單字、文法、生活例句聽熟，同時為聽力打下了堅實的基礎。

配合新制日檢，史上最強的日檢 N4 單字集，讓您用最輕鬆有趣的方式，學到最完整紮實的內容。書末加碼附上 N4 單字的 50 音順排序索引，化身字典，方便您隨時查閱、複習！無論是累積應考實力，或是考前迅速總複習，都是您最完整的學習方案。

學習日語就像探索一個充滿寶藏和創意的世界，本書不僅是一本高效的學習工具，還是一個寶藏，讓您挖掘日語學習的創意和樂趣。從此學習過程不再枯燥乏味，而是變得有趣、精彩、令人熱血沸騰，同時在考試中能發揮自己的最佳水平，成為日語學習的大贏家！在生活和職場中當一顆閃耀之星！

CONTENTS

目錄

內頁使用說明

必背單字！這樣背下來考試想丟分都難！日語單字就要這樣學，誰能理解，誰就開竅，接下來就是，爽到手舞足蹈，放聲尖叫！

學日語
就是
要挖寶

單字中譯：

單字的詞性、中文定義，簡單清楚，方便記憶、讀熟。

雲端學習：

QR Code一掃就能收聽，無空間、時間限制學習，馬上聽、馬上通、馬上過！

情境活用：

作夢是圖像，記憶也是。主題分類，相關單字一網打盡，讓您加深印象、方便記憶，迅速KO必考單字。

循環記憶：

每個單字都有編號與六個打勾方格，有小方格可打勾，可以留下背過單字的紀錄，透過多次背誦、循環記憶，找到強項跟弱項，加強大腦對單字的印象，效果顯著。

類語比較：

兩個單字意思都一樣，知道怎麼區分？透過插圖比較，從中精準掌握意思，強化單字「核心肌群」，在考場上交出漂亮成績單！

答案：

填空裡的答案直接放在頁面下方，方便立驗成效。這樣不必翻來翻去眼花撩亂，閱讀動線清晰好對照。

JLPT LEVEL 4

5 尊敬與謙讓用法

Download 56

001	いらっしゃる	自五 來，去，在（尊敬語）	類 行《い》く、来《く》る（去；來）
002	おいでになる	自五 來，去，在（尊敬語）	類 行《い》く、来《く》る（去；來）
003	ご存知《ぞんじ》	名 您知道（尊敬語）	類 理解《りかい》（理解）
004	ご覧《らん》になる	他五 看，閱讀（尊敬語）	類 見《み》る（看）
005	なさる	他五 做	類 する（做）
006	召《め》し上《あ》がる	他五 （敬）吃，喝	類 食《た》べる（吃）
007	致《いた》す	自他五 （"する"的謙恭說法）做，辦；致；有…，感覺…	類 する（做）
008	頂《いただ》く／戴《いただ》く	他五 接收；領取；吃，喝	類 受《う》け取《と》る（接收）
009	伺《うかが》う	他五 拜訪；打聽（謙讓語）	類 訪《おとず》れる（訪問）
010	おっしゃる	他五 說，講，叫	類 言《い》う（說）

哪裡不一樣呢？

頂《いただ》く

領受，接收。

差《さ》し上《あ》げる

給予，敬獻。

いらっしゃら　おいでになり　ご存知《ぞんじ》
ごらんになる　なさった　召《め》し上《あ》がり

166

小插圖輕鬆記：

善用大腦對於圖像記憶的敏感度，書中穿插圖片搭配單字，同時給您翻閱雜誌一般精彩又充滿新奇的學習體驗！把短期記憶快速植入長期記憶！

延伸學習：

單字類對義詞，學習一次打包，一口氣 3 倍擴大詞彙量。

劇場例句：

單字是學來用的，每一個句子是一個小劇場，去想像景象，體驗感受。每個句子會有不同時間、各種話題，融合豐富又有趣的文化內容，就可以培養語感，深度學習單字。

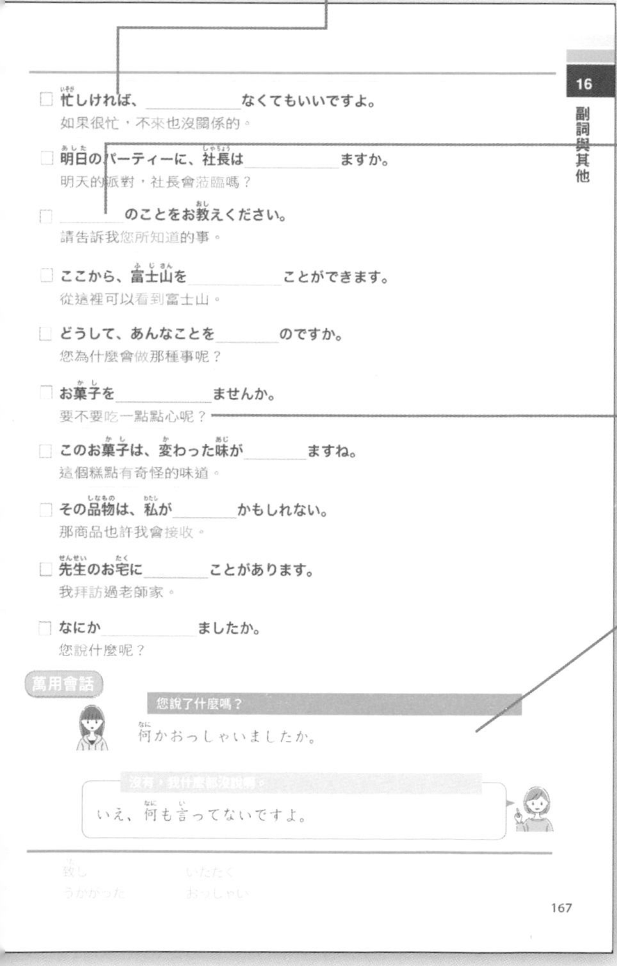

16

副詞與其他

□ 忙《いそが》しければ、＿＿＿＿なくてもいいですよ。
如果很忙，不來也沒關係的。

□ 明日《あした》のパーティーに、社長《しゃちょう》は＿＿＿＿ますか。
明天的派對，社長會蒞臨嗎？

□ ＿＿＿＿のことをお教《おし》えください。
請告訴我您所知道的事。

□ ここから、富士山《ふじさん》を＿＿＿＿ことができます。
從這裡可以看到富士山。

□ どうして、あんなことを＿＿＿＿のですか。
您為什麼會做那種事呢？

□ お菓子《かし》を＿＿＿＿ませんか。
要不要吃一點點心呢？

□ このお菓子《かし》は、変《か》わった味《あじ》が＿＿＿＿ますね。
這個糕點有奇怪的味道。

□ その品物《しなもの》は、私《わたし》が＿＿＿＿かもしれない。
那商品也許我會接收。

□ 先生《せんせい》のお宅《たく》に＿＿＿＿ことがあります。
我拜訪過老師家。

□ なにか＿＿＿＿ましたか。
您說什麼呢？

萬用會話

您說了什麼嗎？
何《なに》かおっしゃいましたか。

沒有，我什麼都沒說啊。
いえ、何《なに》も言《い》ってないですよ。

致し　いただく
うかがった　おっしゃい

167

手寫填空：

句中主要單字部分挖空，打鐵趁熱填空複習。同時透過書寫，加深對漢字及單字的記憶，強化讀寫及口說能力！

例句中譯：

貼切的翻譯，及填空的單字相對應的翻譯，用紅色字體標示出來。

萬用會話：

萬用會話：單字學會了，要知道怎麼用，才是實現背單字的最終目的——「活用」！看看日本人在聊天中如何使用這些單字表達喜怒哀樂等感情，讓死背硬記的單字，成為活的用語！

N4 題型分析

測驗科目（測驗時間）		試題內容				
		題型			小題題數＊	分析
語言知識（25分）	文字、語彙	1	漢字讀音	◇	7	測驗漢字語彙的讀音。
		2	假名漢字寫法	◇	5	測驗平假名語彙的漢字寫法。
		3	選擇文脈語彙	○	8	測驗根據文脈選擇適切語彙。
		4	替換類義詞	○	4	測驗根據試題的語彙或說法，選擇類義詞或類義說法。
		5	語彙用法	○	4	測驗試題的語彙在文句裡的用法。
語言知識、讀解（55分）	文法	1	文句的文法1（文法形式判斷）	○	13	測驗辨別哪種文法形式符合文句內容。
		2	文句的文法2（文句組構）	◆	4	測驗是否能夠組織文法正確且文義通順的句子。
		3	文章段落的文法	◆	4	測驗辨別該文句有無符合文脈。
	讀解＊	4	理解內容（短文）	○	3	於讀完包含學習、生活、工作相關話題或情境等，約100~200字左右的撰寫平易的文章段落之後，測驗是否能夠理解其內容。
		5	理解內容（中文）	○	3	於讀完包含以日常話題或情境為題材等，約450字左右的簡易撰寫文章段落之後，測驗是否能夠理解其內容。
		6	釐整資訊	◆	2	測驗是否能夠從介紹或通知等，約400字左右的撰寫資訊題材中，找出所需的訊息。

聽解（35分）	1	理解問題	◇	8	於聽取完整的會話段落之後，測驗是否能夠理解其內容（於聽完解決問題所需的具體訊息之後，測驗是否能夠理解應當採取的下一個適切步驟）。
	2	理解重點	◇	7	於聽取完整的會話段落之後，測驗是否能夠理解其內容（依據剛才已聽過的提示，測驗是否能夠抓住應當聽取的重點）。
	3	適切話語	◆	5	於一面看圖示，一面聽取情境說明時，測驗是否能夠選擇適切的話語。
	4	即時應答	◆	8	於聽完簡短的詢問之後，測驗是否能夠選擇適切的應答。

＊「小題題數」為每次測驗的約略題數，與實際測驗時的題數可能未盡相同。此外，亦有可能會變更小題題數。

＊有時在「讀解」科目中，同一段文章可能會有數道小題。

模擬試題 **錯題糾錯＋解題攻略筆記！**

錯題＆錯解

正解＆解析

參考資料

絶對合格
日檢必考單字

N4

新制對應！

1 場所、空間與範圍

001	裏《うら》	名 裡面，背後	類 後《うし》ろ（背面） 對 表《おもて》（正面）
002	表《おもて》	名 表面；正面	類 正面《しょうめん》（正面） 對 裏《うら》（背後）
003	以外《いがい》	名 除外，以外	類 その他《ほか》（之外） 對 以内《いない》（之內）
004	内《うち》	名 …之內；…之中	類 内部《ないぶ》（裡面） 對 外《そと》（外面）
005	真《ま》ん中《なか》	名 正中間	類 中央《ちゅうおう》（中央） 對 隅《すみ》（角落）
006	周《まわ》り	名 周圍，周邊	類 周囲《しゅうい》（四周）
007	間《あいだ》	名 中間；期間；之間	類 中間《ちゅうかん》（中間）
008	隅《すみ》	名 角落	類 端《はし》っこ（角落）
009	手前《てまえ》	名・代 眼前；靠近自己這一邊；（當著…的）面前；（謙）我，（藐）你	
010	手元《てもと》	名 身邊，手頭；膝下；生活，生計	
011	此方《こっち》	名 這裡，這邊	類 此処《ここ》（這裡）
012	何方《どっち》	代 哪一個	類 どれ（哪個）
013	遠《とお》く	名 遠處；很遠	
014	～方《ほう》	名 …方，邊	類 方面《ほうめん》（方面）
015	空《あ》く	自五 空著；閒著；有空；空隙	類 欠《か》ける（缺少） 對 満《み》ちる（充滿）

⑫ 何方《どっち》
⑬ 遠《とお》く
我要飛不同邊
⑭ ～方《ほう》
⑪ 此方《こっち》
愛死角落了
⑨ 手前《てまえ》
⑩ 手元《てもと》
我是女生♪
⑧ 隅《すみ》
⑥ 周《まわ》り
⑤ 真《ま》ん中《なか》
④ 内《うち》
③ 以外《いがい》
⑮ 空《あ》く
8/1
海!!!
8/2
⑦ 間《あいだ》
8/3
8/4
8/5
② 表《おもて》
① 裏《うら》

Download 01

001	裏《うら》	裡面，背後
002	表《おもて》	表面；正面
003	以外《いがい》	除外，以外
004	内《うち》	…之內；…之中
005	真《ま》ん中《なか》	正中間
006	周《まわ》り	周圍，周邊
007	間《あいだ》	中間；期間；之間
008	隅《すみ》	角落
009	手前《てまえ》	眼前；靠近自己這一邊；（當著…的）面前；（謙）我，（藐）你
010	手元《てもと》	身邊，手頭；膝下；生活，生計
011	此方《こっち》	這裡，這邊
012	何方《どっち》	哪一個
013	遠《とお》く	遠處；很遠
014	～方《ほう》	…方，邊，比較
015	空《あ》く	空著；閒著；有空；空隙

參考答案 01 裏《うら》 02 表《おもて》 03 以外《いがい》 04 内《うち》 05 真《ま》ん中《なか》 06 周《まわ》り 07 間《あいだ》 08 隅《すみ》

☐ 紙《かみ》の＿＿＿＿＿＿に名前《なまえ》が書《か》いてあるかどうか、見《み》てください。
請看一下紙的背面有沒有寫名字。

☐ 紙《かみ》の＿＿＿＿＿＿に、名前《なまえ》と住所《じゅうしょ》を書《か》きなさい。
在紙的正面，寫下姓名與地址。

☐ 彼《かれ》＿＿＿＿＿＿は、みんな来《く》るだろう。
除了他以外，大家都會來吧！

☐ 今年《ことし》の＿＿＿＿＿＿に、お金《かね》を返《かえ》してくれませんか。
今年內可以還我錢嗎？

☐ ＿＿＿＿＿＿にあるケーキをいただきたいです。
我想要中間的那塊蛋糕。

☐ ＿＿＿＿＿＿の人《ひと》のことを気《き》にしなくてもかまわない。
不必在乎周圍的人也沒有關係！

☐ 10年《ねん》もの＿＿＿＿＿＿、連絡《れんらく》がなかった。
長達 10 年的期間，都沒有聯絡。

☐ 部屋《へや》の＿＿＿＿＿＿まで掃除《そうじ》してさしあげた。
連房間的角落都幫你打掃好了。

☐ ＿＿＿＿＿＿にある箸《はし》を取《と》る。
拿起自己面前的筷子。

☐ ＿＿＿＿＿＿にない。
手邊沒有。

☐ ＿＿＿＿＿＿に、なにか面白《おもしろ》い鳥《とり》がいます。
這裡有一隻有趣的鳥。

☐ ＿＿＿＿＿＿をさしあげましょうか。
要送您哪一個呢？

☐ あまり＿＿＿＿＿＿まで行《い》ってはいけません。
不可以走到太遠的地方。

☐ フランス料理《りょうり》の＿＿＿＿＿＿が好《す》きかい？
比較喜歡法國料理（那一邊）嗎？

☐ 席《せき》が＿＿＿＿＿＿たら、座《すわ》ってください。
如空出座位來，請坐下。

09 手前《てまえ》　10 手元《てもと》　11 こっち　12 どっち
13 遠《とお》く　14 ほう　15 空《あ》い

2 地點

Download 02

001	地理《ちり》	名 地理	類 地図《ちず》（地圖）
002	社会《しゃかい》	名 社會	類 コミュニティ（community／共同體） 對 個人《こじん》（個人）
003	西洋《せいよう》	名 西洋	類 欧米《おうべい》（歐美） 對 東洋《とうよう》（東洋）
004	世界《せかい》	名 世界；天地	類 ワールド（world／世界）
005	国内《こくない》	名 該國內部，國內	類 日本《にほん》（日本） 對 国外《こくがい》（國外）
006	村《むら》	名 村莊，村落	類 里《さと》（鄉間）
007	田舎《いなか》	名 鄉下	類 村落《そんらく》（村落） 對 都会《とかい》（都市）
008	郊外《こうがい》	名 郊外	類 町外《まちはず》れ（郊外）
009	島《しま》	名 島嶼	類 列島《れっとう》（列島）
010	海岸《かいがん》	名 海岸	類 岸《きし》（岸邊） 對 沖《おき》（海面）
011	湖《みずうみ》	名 湖，湖泊	類 沢《さわ》（沼澤）

我想學的單字

參考答案 01 地理《ちり》 02 社会《しゃかい》 03 西洋《せいよう》 04 世界《せかい》
05 国内《こくない》 06 村《むら》 07 田舎《いなか》

☐ 私《わたし》は、日本《にほん》の＿＿＿＿＿とか歴史《れきし》とかについてあまり知《し》りません。
我對日本地理或歷史不甚了解。

☐ ＿＿＿＿＿が厳《きび》しくても、私《わたし》はがんばります。
即使社會嚴峻，我也會努力的。

☐ 彼《かれ》は、＿＿＿＿＿文化《ぶんか》を研究《けんきゅう》しているらしいです。
他好像在研究西洋文化。

☐ ＿＿＿＿＿を知《し》るために、たくさん旅行《りょこう》をした。
為了認識世界，我去了許多地方旅行。

☐ 今年《ことし》の夏《なつ》は、＿＿＿＿＿旅行《りょこう》に行《い》くつもりです。
今年夏天我打算要在國內旅行。

☐ この＿＿＿＿＿への行《い》きかたを教《おし》えてください。
請告訴我怎麼去這個村子。

☐ ＿＿＿＿＿のおかあさんの調子《ちょうし》はどうだい？
你鄉下母親的身體還好吧？

☐ ＿＿＿＿＿は住《す》みやすいですね。
郊外住起來舒服呢。

☐ ＿＿＿＿＿に行《い》くためには、船《ふね》に乗《の》らなければなりません。
要去小島，就得搭船。

☐ 風《かぜ》のために、＿＿＿＿＿は危険《きけん》になっています。
因為風大，海岸很危險。

☐ 山《やま》の上《うえ》に、＿＿＿＿＿があります。
山上有湖泊。

08 郊外《こうがい》　09 島《しま》
10 海岸《かいがん》　11 湖《みずうみ》

012	アジア【Asia】	名 亞洲
013	アフリカ【Africa】	名 非洲
014	アメリカ【America】	名 美國
015	県《けん》	名 縣
016	市《し》	名 …市
017	町《ちょう》	名・漢造 鎮
018	坂《さか》	名 斜坡
019	下《さ》がる	自五 下降

哪裡不一樣呢？

社会《しゃかい》

社會，世間。

会社《かいしゃ》

公司，商社。

參考答案 ⑫ アジア ⑬ アフリカ ⑭ アメリカ
⑮ 県《けん》 ⑯ 市《し》 ⑰ 町《ちょう》

□ __________に広《ひろ》がる。
擴大至亞州。

□ ____________に遊《あそ》びに行《い》く。
去非洲玩。

□ ____________へ行《い》く。
去美國。

□ 神奈川《かながわ》__________へ行《い》く。
去神奈川縣。

□ 台北《タイペイ》__________。
台北市。

□ __________長《ちょう》になる。
當鎮長。

□ __________を下《お》りる。
下坡。

□ 気温《きおん》が__________。
氣溫下降。

村《むら》

村子，比「町」小的行政單位。

町《まち》

城鎮，比村子大，比「市」小的行政單位。

18 坂《さか》　19 下《さ》がる

1 過去、現在、未來

Download 03

001	さっき	副 剛剛，剛才	類 さきに（剛才）
002	夕《ゆう》べ	名 昨晚	類 昨晩《さくばん》（昨晚）
003	この間《あいだ》	副 前幾天	類 先日《せんじつ》（前幾天） 對 その後《ご》（那之後）
004	最近《さいきん》	名 最近	類 近頃《ちかごろ》（這陣子）
005	最後《さいご》	名 最後	
006	最初《さいしょ》	名 最初，首先	
007	昔《むかし》	名 以前；10 年	類 以前《いぜん》（以前） 對 今《いま》（現在）
008	唯今《ただいま》／只今《ただいま》	副 馬上，剛才；我回來了	類 現在《げんざい》（現在）
009	今夜《こんや》	名 今晚	類 今晩《こんばん》（今晚）
010	明日《あす》	名 明天	類 明日《あした》（明天）
011	今度《こんど》	名 這次；下次；以後	類 今回《こんかい》（這回）
012	再来週《さらいしゅう》	副 下下星期	
013	再来月《さらいげつ》	副 下下個月	
014	将来《しょうらい》	名 將來	類 未来《みらい》（未來） 對 過去《かこ》（過去）

参考答案 01 さっき 02 夕《ゆう》べ 03 このあいだ 04 最近《さいきん》 05 最後《さいご》 06 最初《さいしょ》 07 昔《むかし》

□ __________ここにいたのは、だれだい？
剛才在這裡的是誰？

□ __________は暑《あつ》かったですねえ。よく眠《ねむ》れませんでしたよ。
昨天晚上真是熱死人了，我根本不太睡得著。

□ __________買《か》ったのは、おいしくなかった。
前幾天買的那個並不好吃。

□ 彼女《かのじょ》は__________、勉強《べんきょう》もしないし、遊《あそ》びにも行《い》きません。
她最近既不唸書也不去玩。

□ __________まで戦《たたか》う。
戰到最後。

□ __________に出会《であ》った人《ひと》。
首次遇見的人。

□ 私《わたし》は__________、あんな家《いえ》に住《す》んでいました。
我以前住過那樣的房子。

□ __________お茶《ちゃ》をお出《だ》しいたします。
我馬上就端茶過來。

□ __________までに連絡《れんらく》します。
今晚以前會跟你聯絡。

□ 今日《きょう》忙《いそが》しいなら、__________でもいいですよ。
如果今天很忙，那明天也可以喔！

□ __________、すてきな服《ふく》を買《か》ってあげましょう。
下次買漂亮的衣服給你！

□ __________遊《あそ》びに来《く》るのは、伯父《おじ》です。
下下星期要來玩的是伯父。

□ __________国《くに》に帰《かえ》るので、準備《じゅんび》をしています。
下下個月要回國，所以正在準備行李。

□ __________は、立派《りっぱ》な人《ひと》におなりになるだろう。
將來您會成為了不起的人吧！

08 ただいま　09 今夜《こんや》　10 明日《あす》　11 今度《こんど》
12 再来週《さらいしゅう》　13 再来月《さらいげつ》　14 将来《しょうらい》

2 時間、時刻、時段

Download 04

001	時《とき》	名 …時，時候	類 頃《ころ》（時候）
002	日《ひ》	名 天，日子	類 一日《いちにち》（終日）
003	年《とし》	名 年齡；一年	類 年度《ねんど》（〈工作、學業〉年度）
004	始《はじ》める	他下一 開始	類 開始《かいし》（開始） 對 終《お》わる（結束）
005	終《お》わり	名 結束，最後；結尾，結局	類 最終《さいしゅう》（最後） 對 始《はじ》め（開始）
006	急《いそ》ぐ	自五 急忙，快走	類 焦《あせ》る（焦躁）
007	直《す》ぐに	副 馬上	
008	間《ま》に合《あ》う	自五 來得及，趕得上；夠用	類 足《た》りる（夠用）
009	朝寝坊《あさねぼう》	名・自サ 賴床；愛賴床的人	
010	起《お》こす	他五 扶起；叫醒；引起	類 目覚《めざ》ませる（使…醒來）
011	昼間《ひるま》	名 白天	類 昼《ひる》（白天） 對 夜《よる》（晚上）
012	暮《く》れる	自下一 日暮，天黑；年終	類 夜《よる》になる（日落） 對 明《あ》ける（天亮）
013	此《こ》の頃《ごろ》	副 最近	類 近頃《ちかごろ》（最近）
014	時代《じだい》	名 時代；潮流；歷史	類 年代《ねんだい》（年代）

參考答案 01 とき 02 日《ひ》 03 年《とし》 04 始《はじ》め
05 終《お》わり 06 急《いそ》いだ 07 すぐに

☐ そんな＿＿＿＿は、この薬《くすり》を飲《の》んでください。
那種時候請吃這服藥。

☐ その＿＿＿＿、私《わたし》は朝《あさ》から走《はし》りつづけていた。
那一天，我從早上開始就跑個不停。

☐ ＿＿＿＿も書《か》かなければなりませんか。
也得要寫年齡嗎？

☐ ベルが鳴《な》るまで、テストを＿＿＿＿てはいけません。
在鈴聲響起前，不能開始考試。

☐ 小説《しょうせつ》は、＿＿＿＿の書《か》きかたが難《むずか》しい。
小說的結尾很難寫。

☐ ＿＿＿＿のに、授業《じゅぎょう》に遅《おく》れました。
雖然趕來了，但上課還是遲到了。

☐ ＿＿＿＿帰《かえ》る。
馬上回來。

☐ タクシーに乗《の》らなくちゃ、＿＿＿＿ないですよ。
要是不搭計程車，就沒辦法趕上了唷！

☐ うちの息子《むすこ》は、＿＿＿＿をしたがる。
我兒子老愛賴床。

☐ 父《ちち》は、「明日《あした》の朝《あさ》、6時《じ》に＿＿＿＿くれ。」と言《い》った。
父親說了：「明天早上6點叫我起床。」

☐ 彼《かれ》は、＿＿＿＿は忙《いそが》しいと思《おも》います。
我想他白天應該很忙吧！

☐ 日《ひ》が＿＿＿＿のに、子《こ》どもたちはまだ遊《あそ》んでいる。
天都黑了，孩子們卻還在玩。

☐ ＿＿＿＿、考《かんが》えさせられることが多《おお》いです。
最近讓人省思的事有很多。

☐ 新《あたら》しい＿＿＿＿が来《き》たということを感《かん》じます。
感覺到新時代已經來臨了。

08 間《ま》に合《あ》わ　09 朝寝坊《あさねぼう》　10 起《お》こして　11 昼間《ひるま》
12 暮《く》れた　13 このごろ　14 時代《じだい》

1 寒暄用語

001	行《い》って参《まい》ります	寒暄 我走了	
002	いってらっしゃい	寒暄 慢走，好走	
003	お帰《かえ》りなさい	寒暄 （你）回來了	
004	よくいらっしゃいました	寒暄 歡迎光臨，歡迎您大駕光臨	類 ようこそ（歡迎光臨）
005	お陰《かげ》	寒暄 託福；承蒙關照	類 恩恵《おんけい》（恩惠）
006	お蔭様《かげさま》で	寒暄 託福，多虧	
007	お大事《だいじ》に	寒暄 珍重，保重	
008	畏《かしこ》まりました	寒暄 知道，了解（“わかる”謙讓語）	類 了解《りょうかい》（理解）
009	お待《ま》たせしました	寒暄 久等了	
010	お目出度《めでと》うございます	寒暄 恭喜	類 祝《いわ》う（祝賀）
011	それはいけませんね	寒暄 那可不行	
012	ようこそ	寒暄 歡迎	

❸ お帰《かえ》りなさい
❷ いってらっしゃい
❶ 行《い》って参《まい》ります
❼ お大事《だいじ》に
⓫ それはいけませんね
❿ お目出度《めでと》うございます
お弁当
お弁当
お弁当
⓬ ようこそ
❹ よくいらっしゃいました
❾ お待《ま》たせしました
❽ 畏《かしこ》まりました
❺ お陰《かげ》
❻ お蔭《かげ》様《さま》で

Download 05

001	行《い》って参《まい》ります	□ 我走了，（我）去
002	いってらっしゃい	□ 慢走，好走
003	お帰《かえ》りなさい	□ （你）回來了
004	よくいらっしゃいました	□ 歡迎光臨，歡迎您大駕光臨
005	お陰《かげ》	□ 託福；承蒙關照
006	お蔭様《かげさま》で	□ 託福，多虧
007	お大事《だいじ》に	□ 珍重，保重
008	畏《かしこ》まりました	□ 知道，了解（“わかる”謙讓語）
009	お待《ま》たせしました	□ 久等了
010	お目《め》出《で》度《と》うございます	□ 恭喜
011	それはいけませんね	□ 那可不行
012	ようこそ	□ 歡迎

我想學的單字

參考答案 01 いってまいります 02 いってらっしゃい 03 お帰《かえ》りなさい
04 よくいらっしゃいました 05 おかげ 06 お蔭様《かげさま》で

☐ 親戚《しんせき》のお見《み》舞《ま》いに＿＿＿＿＿＿＿＿＿＿。
我要去探望一下生病的親戚。

☐ ＿＿＿＿＿＿＿＿＿＿。何時《なんじ》に帰《かえ》るの？
路上小心！幾點回來呢？

☐ ＿＿＿＿＿＿＿＿＿＿。お茶《ちゃ》でも飲《の》みますか。
你回來啦。要不要喝杯茶？

☐ ＿＿＿＿＿＿＿＿＿＿。靴《くつ》を脱《ぬ》がずに、お入《はい》りください。
歡迎您蒞臨寒舍。不用脱鞋，請進來。

☐ あなたが手伝《てつだ》ってくれた＿＿＿＿＿で、仕事《しごと》が終《お》わりました。
多虧你的幫忙，工作才得以結束。

☐ ＿＿＿＿＿＿＿＿、元気《げんき》になってきました。
託您的福，我身體好多了。

☐ 頭痛《ずつう》がするのですか。どうぞ＿＿＿＿＿＿＿＿。
頭痛嗎？請多保重！

☐ ＿＿＿＿＿＿＿＿＿＿。少々《しょうしょう》お待《ま》ちください。
知道了，您請稍候。

☐ ＿＿＿＿＿＿＿＿＿＿。どうぞお座《すわ》りください。
讓您久等了，請坐。

☐ ＿＿＿＿＿＿＿＿＿＿。賞品《しょうひん》は、カメラとテレビとどちらのほうがいいですか。
恭喜！獎品有照相機跟電視，您要哪一種？

☐ ＿＿＿＿＿＿＿＿＿＿。薬《くすり》を飲《の》んでみたらどうですか。
那可不行啊！是不是吃個藥比較好？

☐ ＿＿＿＿＿＿＿＿、おいで下《くだ》さいました。
衷心歡迎您的到來。

07 お大事《だいじ》に　08 かしこまりました　09 お待《ま》たせしました
10 おめでとうございます　11 それはいけませんね　12 ようこそ

2 各種人物

Download 06

001	お子《こ》さん	名 您孩子	類 お子様《こさま》（您孩子）
002	息子《むすこ》さん	名 （尊稱他人的）令郎	類 令息《れいそく》（令郎） 對 娘《むすめ》さん（令嬡）
003	娘《むすめ》さん	名 您女兒，令嬡	類 息女《そくじょ》（令嬡） 對 息子《むすこ》さん（令郎）
004	お嬢《じょう》さん	名 您女兒；小姐；千金小姐	類 娘《むすめ》さん（女兒） 對 息子《むすこ》さん（兒子）
005	高校生《こうこうせい》	名 高中生	
006	大学生《だいがくせい》	名 大學生	
007	先輩《せんぱい》	名 學姐，學長；老前輩	類 上輩《じょうはい》（前輩） 對 後輩《こうはい》（學弟妹）
008	客《きゃく》	名 客人；顧客	類 ゲスト（guest／客人） 對 売《う》り主《ぬし》（賣方）
009	店員《てんいん》	名 店員	類 売《う》り子《こ》（店員） 對 店主《てんしゅ》（老闆）
010	社長《しゃちょう》	名 社長	
011	お金持《かねも》ち	名 有錢人	類 富豪《ふごう》（富豪） 對 貧乏人《びんぼうじん》（窮人）
012	市民《しみん》	名 市民，公民	
013	君《きみ》	名 你（男性對同輩以下的親密稱呼）	類 あなた（你） 對 私《わたし》（我）
014	～員《いん》	名 …員	
015	～方《かた》	名 （敬）人	類 人《ひと》（人）

參考答案 01 お子《こ》さん 02 息子《むすこ》さん 03 娘《むすめ》さん 04 お嬢《じょう》さん 05 高校生《こうこうせい》 06 大学生《だいがくせい》 07 先輩《せんぱい》 08 客《きゃく》

☐ ＿＿＿＿＿＿は、どんなものを食《た》べたがりますか。
您小孩喜歡吃什麼東西？

☐ ＿＿＿＿＿＿のお名前《なまえ》を教《おし》えてください。
請教令郎的大名。

☐ ブランコに乗《の》っているのが＿＿＿＿ですか。
正在盪鞦韆的就是令嬡嗎？

☐ ＿＿＿＿＿＿は、とても女《おんな》らしいですね。
您女兒非常淑女呢！

☐ ＿＿＿＿の息子《むすこ》に、英語《えいご》の辞書《じしょ》をやった。
我送英文辭典給高中生的兒子。

☐ 鈴木《すずき》さんの息子《むすこ》は、＿＿＿＿だと思《おも》う。
我想鈴木先生的兒子，應該是大學生了。

☐ ＿＿＿＿は、フランスに留学《りゅうがく》に行《い》かれた。
學長去法國留學了。

☐ ＿＿＿＿がたくさん入《はい》るだろう。
會有很多客人進來吧！

☐ ＿＿＿＿がだれもいないはずがない。
不可能沒有店員在。

☐ ＿＿＿＿に、難《むずか》しい仕事《しごと》をさせられた。
社長讓我做很難的工作。

☐ だれでも＿＿＿＿になれる。
誰都可以成為有錢人。

☐ ＿＿＿＿の生活《せいかつ》を守《まも》る。
捍衛市民的生活。

☐ ＿＿＿＿は、将来何《しょうらいなに》をしたいの？
你將來想做什麼？

☐ 研究《けんきゅう》＿＿＿＿としてやっていくつもりですか。
你打算當研究員嗎？

☐ 新《あたら》しい先生《せんせい》は、あそこにいる＿＿＿＿らしい。
新來的老師，好像是那邊的那位。

09 店員《てんいん》　10 社長《しゃちょう》　11 お金持《かねも》ち　12 市民《しみん》
13 君《きみ》　14 員《いん》　15 方《かた》

3 男女

Download 07

001	男性《だんせい》	名 男性	類 男《おとこ》（男性） 對 女性《じょせい》（女性）
002	女性《じょせい》	名 女性	類 女《おんな》（女性） 對 男性《だんせい》（男性）
003	彼女《かのじょ》	名 她；女朋友	類 恋人《こいびと》（情人） 對 彼《かれ》（他）
004	彼《かれ》	名・代 他；男朋友	類 あの人《ひと》（那個人） 對 彼女《かのじょ》（她）
005	彼氏《かれし》	名・代 男朋友；他	類 彼《かれ》（男朋友） 對 彼女《かのじょ》（女朋友）
006	彼等《かれら》	名 他們	
007	人口《じんこう》	名 人口	類 人数《にんずう》（人數）
008	皆《みな》	名 大家；所有的	類 全員《ぜんいん》（全體人員）
009	集《あつ》まる	自五 聚集，集合	
010	集《あつ》める	他下一 集合	類 集合《しゅうごう》（集合）
011	連《つ》れる	他下一 帶領，帶著	類 伴《ともな》う（陪伴）
012	欠《か》ける	自下一 缺損；缺少	類 不足《ふそく》（不足） 對 満《み》ちる（充滿）

我想學的單字

參考答案 01 男性《だんせい》 02 女性《じょせい》 03 彼女《かのじょ》
04 彼《かれ》 05 彼氏《かれし》 06 彼《かれ》ら

□ そこにいる＿＿＿が、私《わたし》たちの先生《せんせい》です。

那裡的那位男性，是我們的老師。

□ 私《わたし》は、あんな＿＿＿と結婚《けっこん》したいです。

我想和那樣的女性結婚。

□ ＿＿＿はビールを５本《ほん》も飲《の》んだ。

她竟然喝了５瓶啤酒。

□ ＿＿＿がそんな人《ひと》だとは、思《おも》いませんでした。

沒想到他是那種人。

□ ＿＿＿はいますか。

你有男朋友嗎？

□ ＿＿＿は本当《ほんとう》に男《おとこ》らしい。

他們真是男子漢。

□ 私《わたし》の町《まち》は＿＿＿が多《おお》すぎます。

我住的城市人口過多。

□ この街《まち》は、＿＿＿に愛《あい》されてきました。

這條街一直深受大家的喜愛。

□ パーティーに、1000 人《にん》も＿＿＿ました。

多達 1000 人，聚集在派對上。

□ 生徒《せいと》たちを、教室《きょうしつ》に＿＿＿なさい。

叫學生到教室集合。

□ 子《こ》どもを幼稚園《ようちえん》に＿＿＿行《い》ってもらいました。

請他幫我帶小孩去幼稚園了。

□ メンバーが一人《ひとり》＿＿＿ままだ。

成員一直缺少一個人。

07 人口《じんこう》　08 みな　09 集《あつ》まり
10 集《あつ》め　11 連《つ》れて　12 欠《か》けた

4 老幼與家人

Download 08

001	祖父《そふ》	名 祖父，外祖父	類 祖父《じい》さん（祖父） 對 祖母《そぼ》（祖母）
002	祖母《そぼ》	名 奶奶，外婆	類 祖母《ばあ》さん（祖母） 對 祖父《そふ》（祖父）
003	親《おや》	名 父母	類 両親《りょうしん》（雙親） 對 子《こ》（孩子）
004	夫《おっと》	名 丈夫	
005	主人《しゅじん》	名 老公，（我）丈夫，先生	
006	妻《つま》	名 妻子，太太（自稱）	類 家内《かない》（內人） 對 夫《おっと》（丈夫）
007	家内《かない》	名 妻子	
008	子《こ》	名 孩子	類 こども（孩子） 對 親《おや》（父母親）
009	赤《あか》ちゃん	名 嬰兒	類 赤《あか》ん坊《ぼう》（嬰兒）
010	赤《あか》ん坊《ぼう》	名 嬰兒	類 幼児《ようじ》（幼兒）
011	育《そだ》てる	他下一 撫育，培植；培養	類 養《やしな》う（養育）
012	子《こ》育《そだ》て	名 養育小孩，育兒	類 育児《いくじ》（育兒）
013	似《に》る	自上一 相像，類似	類 そっくり（相像）
014	僕《ぼく》	名 我（男性用）	類 私《わたし》（我） 對 あなた（你／妳）

參考答案 01 祖父《そふ》 02 祖母《そぼ》 03 親《おや》 04 夫《おっと》
05 主人《しゅじん》 06 妻《つま》 07 家内《かない》

□ ＿＿＿はずっとその会社《かいしゃ》で働《はたら》いてきました。
祖父一直在那家公司工作到現在。

□ ＿＿＿は、いつもお菓子《かし》をくれる。
奶奶常給我糖果。

□ ＿＿＿は私《わたし》を医者《いしゃ》にしたがっています。
父母希望我當醫生。

□ ＿＿＿に死《し》なれる。
死了丈夫。

□ ＿＿＿の役《やく》を務《つと》める。
扮演丈夫的職責。

□ 私《わたし》が会社《かいしゃ》をやめたいということを、＿＿＿は知《し》りません。
妻子不知道我想離職的事。

□ ＿＿＿に相談《そうだん》する。
和妻子討論。

□ うちの＿＿＿は、まだ5歳《さい》なのにピアノがじょうずです。
我家小孩才 5 歲，卻很會彈琴。

□ ＿＿＿は、泣《な》いてばかりいます。
嬰兒只是哭著。

□ ＿＿＿が歩《ある》こうとしている。
嬰兒在學走路。

□ 蘭《らん》は＿＿＿にくいです。
蘭花很難培植。

□ 毎日《まいにち》、＿＿＿に追《お》われています。
每天都忙著帶小孩。

□ 私《わたし》は、妹《いもうと》ほど母《はは》に＿＿＿いない。
我沒有妹妹那麼像媽媽。

□ この仕事《しごと》は、＿＿＿がやらなくちゃならない。
這個工作非我做不行。

08 子《こ》　09 赤《あか》ちゃん　10 赤《あか》ん坊《ぼう》　11 育《そだ》て
12 子育《こそだ》て　13 似《に》て　14 僕《ぼく》

5 態度、性格

001	親切《しんせつ》	名・形動 親切，客氣	類 丁寧《ていねい》（客氣） 對 冷淡《れいたん》（冷淡）
002	丁寧《ていねい》	名・形動 客氣；仔細	類 念入《ねんい》り（周到）
003	熱心《ねっしん》	名・形動 專注，熱衷	類 夢中《むちゅう》（著迷） 對 冷淡《れいたん》（冷淡）
004	真面目《まじめ》	名・形動 認真	類 本気《ほんき》（認真） 對 不真面目《ふまじめ》（不認真）
005	一生懸命《いっしょうけんめい》	副・形動 拚命地	類 熱心《ねっしん》（專注）
006	優《やさ》しい	形 溫柔，體貼	類 親切《しんせつ》（親切）
007	適当《てきとう》	名・自サ・形動 適當；適度；隨便	類 最適《さいてき》（最適合）
008	可笑《おか》しい	形 奇怪，可笑；不正常	類 面白《おもしろ》い（好玩） 對 詰《つ》まらない（無趣）
009	細《こま》かい	形 細小；詳細；無微不至	類 詳《くわ》しい（詳細）
010	騒《さわ》ぐ	自五 吵鬧，喧囂	類 暴《あば》れる（胡鬧） 對 静《しず》まる（平息）
011	酷《ひど》い	形 殘酷；過分；非常	類 激《はげ》しい（激烈）

❶ 親切《しんせつ》
❷ 丁寧《ていねい》
❸ 熱心《ねっしん》
❹ 真面目《まじめ》
❺ 一生懸命《いっしょうけんめい》
❻ 優《やさ》しい
❼ 適当《てきとう》
❽ 可笑《おか》しい
❾ 細《こま》かい
❿ 騒《さわ》ぐ
⓫ 酷《ひど》い
請適可而止

Download 09

001	親切《しんせつ》	□ 親切，客氣
002	丁寧《ていねい》	□ 客氣；仔細
003	熱心《ねっしん》	□ 專注，熱衷
004	真面目《まじめ》	□ 認真
005	一生懸命《いっしょうけんめい》	□ 拼命地
006	優《やさ》しい	□ 溫柔，體貼
007	適当《てきとう》	□ 適當；適度；隨便
008	可笑《おか》しい	□ 奇怪，可笑；不正常
009	細《こま》かい	□ 細小；詳細；無微不至
010	騒《さわ》ぐ	□ 吵鬧，喧嘩
011	酷《ひど》い	□ 殘酷；過分；非常

我想學的單字

參考答案 01 親切《しんせつ》 02 丁寧《ていねい》 03 熱心《ねっしん》 04 まじめ
05 一生懸命《いっしょうけんめい》 06 優《やさ》しい 07 適当《てきとう》

☐ **みんなに＿＿＿＿＿にするように言《い》われた。**

說要我對大家親切一點。

☐ **先生《せんせい》の説明《せつめい》は、彼《かれ》の説明《せつめい》より＿＿＿＿＿です。**

老師比他說明得更仔細。

☐ **毎日《まいにち》 10 時《じ》になると、＿＿＿＿＿に勉強《べんきょう》しはじめる。**

每天一到 10 點，便開始專心唸書。

☐ **今後《こんご》も、＿＿＿＿＿に勉強《べんきょう》していきます。**

從今以後，會認真唸書。

☐ **父《ちち》が＿＿＿＿＿＿＿＿働《はたら》いて、私《わたし》たちを育《そだ》ててくれました。**

家父拚了命地工作，把我們這些孩子撫養長大。

☐ **彼女《かのじょ》があんな＿＿＿＿＿＿人《ひと》だとは知《し》りませんでした。**

我不知道她是那麼貼心的人。

☐ **＿＿＿＿＿にやっておくから、大丈夫《だいじょうぶ》。**

我會妥當處理的，沒關係！

☐ **＿＿＿＿＿＿ければ、笑《わら》いなさい。**

如果覺得可笑，就笑呀！

☐ **＿＿＿＿＿ことは言《い》わずに、適当《てきとう》にやりましょう。**

別在意小地方了，看情況做吧！

☐ **教室《きょうしつ》で＿＿＿＿＿いるのは、誰《だれ》なの？**

是誰在教室吵鬧？

☐ **そんな＿＿＿＿＿ことを言《い》うな。**

別說那麼過分的話。

---

08 おかし　　09 細《こま》かい

10 騒《さわ》いで　　11 ひどい

6 人際關係

Download 10

001	関係《かんけい》	名 關係；影響	類 仲《なか》（交情）
002	紹介《しょうかい》	名・他サ 介紹	類 仲立《なかだ》ち（居中介紹）
003	世話《せわ》	名・他サ 照顧，照料	類 付《つ》き添《そ》い（照料）
004	別《わか》れる	自下一 分別，分開	類 離別《りべつ》（離別） 對 会《あ》う（見面）
005	挨拶《あいさつ》	名・自サ 寒暄；致詞；拜訪	類 お世辞《せじ》（客套話）
006	喧嘩《けんか》	名・自サ 吵架	
007	遠慮《えんりょ》	名・自他サ 客氣；謝絕	類 控《ひか》えめ（客氣）
008	失礼《しつれい》	名・形動・自サ 失禮，沒禮貌；失陪	類 無礼《ぶれい》（沒禮貌）
009	褒《ほ》める	他下一 誇獎	類 称賛《しょうさん》（稱讚） 對 叱《しか》る（斥責）
010	役《やく》に立《た》つ	慣 有幫助，有用	類 役立《やくだ》つ（有用）
011	自由《じゆう》	名・形動 自由，隨便	類 自在《じざい》（自在） 對 不自由《ふじゆう》（不自由）
012	習慣《しゅうかん》	名 習慣	類 仕来《しきた》り（慣例）

我想學的單字

參考答案 01 関係《かんけい》　02 紹介《しょうかい》　03 世話《せわ》
04 別《わか》れ　05 挨拶《あいさつ》　06 喧嘩《けんか》

□ みんな、二人《ふたり》の________を知《し》りたがっています。
大家都很想知道他們兩人的關係。

□ 鈴木《すずき》さんをご________しましょう。
我來介紹鈴木小姐給您認識。

□ 子《こ》どもの________をするために、仕事《しごと》をやめた。
為了照顧小孩，辭去了工作。

□ 若《わか》い二人《ふたり》は、両親《りょうしん》に________させられた。
兩位年輕人，被父母給強行拆散了。

□ アメリカでは、こう握手《あくしゅ》して________します。
在美國都像這樣握手寒暄。

□ ________が始《はじ》まる。
開始吵架。

□ すみませんが、私《わたし》は________します。
對不起，請容我拒絕。

□ 黙《だま》って帰《かえ》るのは、________です。
連個招呼也沒打就回去，是很沒禮貌的。

□ 両親《りょうしん》が________くれた。
父母誇獎了我。

□ その辞書《じしょ》は____________かい？
那辭典有用嗎？

□ そうするかどうかは、あなたの________です。
要不要那樣做，隨便你！

□ 一度《いちど》ついた________は、変《か》えにくいですね。
一旦養成習慣，就很難改變呢。

07 遠慮《えんりょ》　08 失礼《しつれい》　09 ほめて
10 役《やく》に立《た》つ　11 自由《じゆう》　12 習慣《しゅうかん》

1 人體

001	格好《かっこう》／恰好《かっこう》	名 外表，裝扮	類 姿《すがた》（身段）
002	髪《かみ》	名 頭髮	類 髪《かみ》の毛《け》（頭髮）
003	毛《け》	名 頭髮，汗毛	類 頭髪《とうはつ》（頭髮）
004	ひげ	名 鬍鬚	類 白鬚《しらひげ》（白鬍子）
005	首《くび》	名 頸部，脖子	類 頭《あたま》（頭）
006	喉《のど》	名 喉嚨	類 咽喉《いんこう》（咽喉）
007	背中《せなか》	名 背部	類 背《せ》（身高） 對 腹《はら》（肚子）
008	腕《うで》	名 胳臂；本領	類 片腕《かたうで》（單手）
009	指《ゆび》	名 手指	對 親指《おやゆび》（大拇指）
010	爪《つめ》	名 指甲	
011	血《ち》	名 血；血緣	類 血液《けつえき》（血液） 對 肉《にく》（肉）
012	おなら	名 屁	類 屁《へ》（屁）

1 格好《かっこう》／恰好《かっこう》
2 髪《かみ》
3 毛《け》
4 ひげ
5 首《くび》
6 喉《のど》
7 背中《せなか》
8 腕《うで》
9 指《ゆび》
10 爪《つめ》
11 血《ち》
12 おなら

Download 11

001	格好《かっこう》／恰好《かっこう》	□ 外表，裝扮
002	髪《かみ》	□ 頭髮
003	毛《け》	□ 頭髮，汗毛
004	ひげ	□ 鬍鬚
005	首《くび》	□ 頸部，脖子
006	喉《のど》	□ 喉嚨
007	背中《せなか》	□ 背部
008	腕《うで》	□ 胳臂；本領
009	指《ゆび》	□ 手指
010	爪《つめ》	□ 指甲
011	血《ち》	□ 血；血緣
012	おなら	□ 屁

我想學的單字

參考答案 01 かっこう 02 髪《かみ》 03 毛《け》

04 ひげ 05 首《くび》 06 喉《のど》

□ その________で出《で》かけるの？
你要用那身打扮出門嗎？

□ ________を短《みじか》く切《き》るつもりだったが、やめた。
原本想把頭髮剪短，但作罷了。

□ しばらく会《あ》わない間《あいだ》に父《ちち》の髪《かみ》の________はすっかり白《しろ》くなっていた。
好一陣子沒和父親見面，父親的頭髮全都變白了。

□ 今日《きょう》は休《やす》みだから、________をそらなくてもかまいません。
今天休息，所以不刮鬍子也沒關係。

□ どうしてか、________がちょっと痛《いた》いです。
不知道為什麼，脖子有點痛。

□ 風邪《かぜ》を引《ひ》くと、________が痛《いた》くなります。
一感冒，喉嚨就會痛。

□ ________も痛《いた》いし、足《あし》も疲《つか》れました。
背也痛，腳也酸了。

□ 彼女《かのじょ》の________は、枝《えだ》のように細《ほそ》い。
她的手腕像樹枝般細。

□ ________が痛《いた》いために、ピアノが弾《ひ》けない。
因為手指疼痛，而無法彈琴。

□ ________を切《き》る。
剪指甲。

□ 傷口《きずぐち》から________が流《なが》れつづけている。
血一直從傷口流出來。

□ ________を我慢《がまん》するのは、体《からだ》に良《よ》くないですよ。
忍著屁不放對身體不好喔。

07 背中《せなか》　08 腕《うで》　09 指《ゆび》
10 爪《つめ》　11 血《ち》　12 おなら

2 生死與體質

Download 12

001	生《い》きる	自上一 活著；謀生；充分發揮	類 生存《せいぞん》（生存）
002	亡《な》くなる	自五 去世，死亡	類 死《し》ぬ（死亡） 對 生《う》まれる（出生）
003	動《うご》く	自五 動，移動，離開原位；運動；作用	類 移動《いどう》（移動） 對 止《と》まる（停止）
004	触《さわ》る	自五 碰觸，觸摸；接觸	
005	眠《ねむ》い	形 睏	
006	眠《ねむ》る	自五 睡覺	類 寝《ね》る（睡覺）
007	乾《かわ》く	自五 乾；口渴	類 乾燥《かんそう》（乾燥） 對 湿《しめ》る（潮濕）
008	太《ふと》る	自五 胖，肥胖	類 肥《こ》える（肥胖） 對 痩《や》せる（瘦）
009	痩《や》せる	自下一 瘦；貧瘠	類 細《ほそ》る（變瘦） 對 太《ふと》る（肥胖）
010	ダイエット【diet】	名・他サ 飲食，食物；（為治療或調節體重）規定飲食；減重，減肥	
011	弱《よわ》い	形 虛弱；不高明	類 軟弱《なんじゃく》（軟弱） 對 強《つよ》い（強壯）
012	折《お》る	他五 折	

我想學的單字

參考答案 01 生《い》きて　02 なくなって　03 動《うご》か
04 触《さわ》っ　05 眠《ねむ》く　06 眠《ねむ》

☐ 彼《かれ》は、一人《ひとり》で________いくそうです。
聽説他打算一個人活下去。

☐ おじいちゃんが__________、みんな悲《かな》しがっている。
爺爺過世了，大家都很哀傷。

☐ ________ずに、そこで待《ま》っていてください。
請不要離開，在那裡等我。

☐ このボタンには、ぜったい________てはいけない。
絕對不可觸摸這個按紐。

☐ お酒《さけ》を飲《の》んだら、________なりはじめた。
喝了酒，便開始想睡覺了。

☐ 薬《くすり》を使《つか》って、________らせた。
用藥讓他入睡。

☐ 洗濯物《せんたくもの》が、そんなに早《はや》く________はずがありません。
洗好的衣物，不可能那麼快就乾。

☐ ああ________いると、苦《くる》しいでしょうね。
一胖成那樣，會很辛苦吧！

☐ 先生《せんせい》は、少《すこ》し________られたようですね。
老師您好像有點瘦了。

☐ 夏《なつ》までに、3キロ__________します。
在夏天之前，我要減肥 3 公斤。

☐ その子《こ》どもは、体《からだ》が________そうです。
那個小孩看起來身體很虛弱。

☐ 骨《ほね》を________。
骨折。

07 乾《かわ》く　08 太《ふと》って　09 痩《や》せ
10 ダイエット　11 弱《よわ》　12 折《お》る

3 疾病與治療

Download 13

001	熱《ねつ》	名 高溫；熱；發燒	類 熱度《ねつど》（熱度）
002	インフルエンザ【influenza】	名 流行性感冒	類 流感《りゅうかん》（流行性感冒）
003	怪我《けが》	名・自サ 受傷	類 負傷《ふしょう》（受傷）
004	花粉症《かふんしょう》	名 花粉症，因花粉而引起的過敏鼻炎	類 アレルギー（Allergie／過敏）
005	倒《たお》れる	自下一 倒下；垮台；死亡	類 転《ころ》ぶ（跌倒）
006	入院《にゅういん》	名・自サ 住院	對 退院《たいいん》（出院）
007	注射《ちゅうしゃ》	名 打針	
008	塗《ぬ》る	他五 塗抹，塗上	類 塗《ぬ》り付《つ》ける（抹上）
009	お見《み》舞《ま》い	名 探望	類 訪《たず》ねる（拜訪）
010	具合《ぐあい》	名（健康等）狀況，方法	類 調子《ちょうし》（狀況）
011	治《なお》る	自五 變好；改正；治癒	類 全快《ぜんかい》（病癒）
012	退院《たいいん》	名・自サ 出院	對 入院《にゅういん》（住院）
013	ヘルパー【helper】	名 幫傭；看護	類 手伝《てつだ》い（幫忙）
014	～てしまう	補動 強調某一狀態或動作；懊悔	類 完了《かんりょう》（完畢）
015	お医者《いしゃ》さん	名 醫生	

參考答案 01 熱《ねつ》 02 インフルエンザ 03 けが 04 花粉症《かふんしょう》
05 倒《たお》れ 06 入院《にゅういん》 07 注射《ちゅうしゃ》 08 塗《ぬ》り

☐ ________がある時《とき》は、休《やす》んだほうがいい。
發燒時最好休息一下。

☐ 家族全員《かぞくぜんいん》、____________にかかりました。
我們全家人都得了流行性感冒。

☐ たくさんの人《ひと》が________をしたようだ。
好像很多人受傷了。

☐ 父《ちち》は_________がひどいです。
家父的花粉症很嚴重。

☐ ________にくい建物《たてもの》を作《つく》りました。
蓋了一棟不容易倒塌的建築物。

☐ ________のとき、手伝《てつだ》ってあげよう。
住院時我來幫你吧。

☐ お医者《いしゃ》さんに、________していただきました。
醫生幫我打了針。

☐ 赤《あか》とか青《あお》とか、いろいろな色《いろ》を________ました。
紅的啦、藍的啦，塗上了各種顏色。

☐ 田中《たなか》さんが、____________に花《はな》をくださった。
田中小姐帶花來探望我。

☐ もう________はよくなられましたか。
您身體狀況好些了嗎？

☐ 風邪《かぜ》が________のに、今度《こんど》はけがをしました。
感冒才治好，這次卻換受傷了。

☐ 彼《かれ》が________するのはいつだい？
他什麼時候出院呀？

☐ 週《しゅう》に２回《かい》、____________さんをお願《ねが》いしています。
一個禮拜會麻煩看護幫忙兩天。

☐ 先生《せんせい》に会《あ》わずに帰《かえ》っ________の？
沒見到老師就回來了嗎？

☐ 彼《かれ》は____________です。
他是醫生。

---

09 お見舞《みま》い　10 具合《ぐあい》　11 治《なお》った　12 退院《たいいん》
13 ヘルパー　14 てしまった　15 お医者《いしゃ》さん

4 體育與競賽

Download 14

001	運動《うんどう》	名・自サ 運動；活動	類 スポーツ（sports／運動）
002	テニス【tennis】	名 網球	
003	テニスコート【tennis court】	名 網球場	類 野《や》球場《きゅうじょう》（網球場）
004	力《ちから》	名 力氣；能力，實力	類 体力《たいりょく》（體力） 對 知《ち》力《りょく》（智力）
005	柔道《じゅうどう》	名 柔道	類 武道《ぶどう》（武術）
006	水泳《すいえい》	名・自サ 游泳	類 泳《およ》ぐ（游泳）
007	駆《か》ける／駈《か》ける	自下一 奔跑，快跑	類 走《はし》る（跑步） 對 歩《ある》く（走路）
008	打《う》つ	他五 打擊，打	類 ぶつ（打擊）
009	滑《すべ》る	自下一 滑（倒）；滑動；（手）滑	類 滑走《かっそう》（滑行）
010	投《な》げる	自下一 丟，拋；放棄	類 投《な》げ出《だ》す（拋出）
011	試《し》合《あい》	名・自サ 比賽	類 競争《きょうそう》（競爭）
012	競争《きょうそう》	名・自サ 競爭	類 競技《きょうぎ》（比賽）
013	勝《か》つ	自五 贏，勝利；克服	類 破《やぶ》る（打敗） 對 負《ま》ける（戰敗）
014	失敗《しっぱい》	名・自サ 失敗	類 過《あやま》ち（錯誤）
015	負《ま》ける	自下一 輸；屈服	類 敗走《はいそう》（敗退） 對 勝《か》つ（勝利）

參考答案
01 運動《うんどう》　02 テニス　03 テニスコート　04 力《ちから》
05 柔道《じゅうどう》　06 水泳《すいえい》　07 かけた　08 打《う》った

- [ ] ________し終《お》わったら、道具《どうぐ》を片付《かたづ》けてください。
  運動完了，請將器材收拾好。
- [ ] ________をやる。
  打網球。
- [ ] みんな、__________まで走《はし》れ。
  大家一起跑到網球場吧！
- [ ] この会社《かいしゃ》では、________を出《だ》しにくい。
  在這公司難以發揮實力。
- [ ] ________を習《なら》おうと思《おも》っている。
  我想學柔道。
- [ ] テニスより、________の方《ほう》が好《す》きです。
  喜歡游泳勝過打網球。
- [ ] うちから駅《えき》まで________ので、疲《つか》れてしまった。
  從家裡跑到車站，所以累壞了。
- [ ] イチローがホームランを________ところだ。
  一郎正好擊出全壘打。
- [ ] この道《みち》は、雨《あめ》の日《ひ》は________らしい。
  這條路，下雨天好像很滑。
- [ ] そのボールを________もらえますか。
  可以請你把那個球丟過來嗎？
- [ ] ________はきっとおもしろいだろう。
  比賽一定很有趣吧！
- [ ] 一緒《いっしょ》に勉強《べんきょう》して、お互《たが》いに________するようにした。
  一起唸書，以競爭方式來激勵彼此。
- [ ] 試合《しあい》に________たら、100 万円《まんえん》やろう。
  如果比賽贏了，就給你 100 萬圓。
- [ ] 方法《ほうほう》がわからず、________しました。
  不知道方法以致失敗。
- [ ] がんばれよ。ぜったい________なよ。
  加油喔！千萬別輸了！

09 すべる　10 投《な》げて　11 試合《しあい》　12 競争《きょうそう》
13 勝《か》っ　14 失敗《しっぱい》　15 負《ま》ける

1 自然與氣象

001	枝《えだ》	名 樹枝；分枝	類 梢《こずえ》（樹梢）
002	草《くさ》	名 草	類 若草《わかくさ》（嫩草）
003	葉《は》	名 葉子，樹葉	類 葉《は》っぱ（葉子）
004	開《ひら》く	他五 綻放；拉開	類 開《あ》く（開） 對 閉《し》まる（關門）
005	植《う》える	他下一 種植；培養	類 栽培《さいばい》（栽種） 對 自生《じせい》（野生）
006	折《お》れる	自下一 折彎；折斷	類 曲《ま》がる（拐彎）
007	雲《くも》	名 雲	類 白雲《しらくも》（白雲）
008	月《つき》	名 月亮	類 満月《まんげつ》（滿月） 對 日《ひ》（太陽）
009	星《ほし》	名 星星	類 スター（star／星星）
010	地震《じしん》	名 地震	類 地動《ちどう》（地震）
011	台風《たいふう》	名 颱風	
012	季節《きせつ》	名 季節	類 四季《しき》（四季）
013	冷《ひ》える	自下一 變冷；變冷淡	類 冷《さ》める（<熱的>變涼） 對 暖《あたた》まる（感到溫暖）
014	やむ	自五 停止	類 終《お》わる（結束） 對 始《はじ》まる（開始）

⑫ 季節《きせつ》

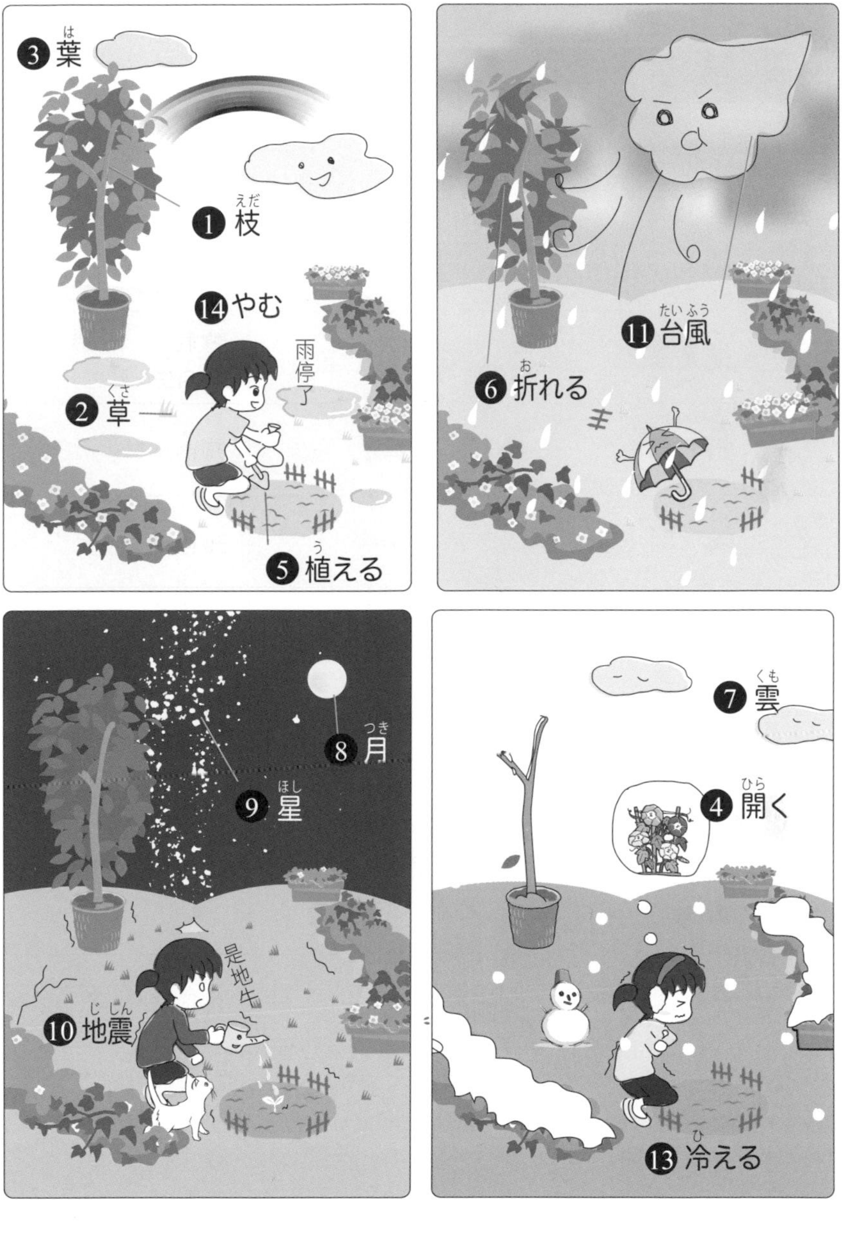
3 葉《は》
1 枝《えだ》
14 やむ
雨停了
2 草《くさ》
5 植《う》える
6 折《お》れる
11 台風《たいふう》
8 月《つき》
9 星《ほし》
是地牛
10 地震《じしん》
7 雲《くも》
4 開《ひら》く
13 冷《ひ》える

Download 15

001	枝《えだ》	樹枝；分枝
002	草《くさ》	草
003	葉《は》	葉子，樹葉
004	開《ひら》く	綻放；拉開
005	植《う》える	種植；培養
006	折《お》れる	折彎；折斷
007	雲《くも》	雲
008	月《つき》	月亮
009	星《ほし》	星星
010	地震《じしん》	地震
011	台風《たいふう》	颱風
012	季節《きせつ》	季節
013	冷《ひ》える	變冷；變冷淡
014	やむ	停止

參考答案 01 枝《えだ》　02 草《くさ》　03 葉《は》、葉《は》　04 開《ひら》き
05 植《う》えて　06 折《お》れる　07 雲《くも》

□ ________を切《き》ったので、遠《とお》くの山《やま》が見《み》えるようになった。
由於砍掉了樹枝，可以看到遠山了。

□ ________を取《と》って、歩《ある》きやすいようにした。
把草拔掉，以方便行走。

□ この木《こ》の________は、あの木《こ》の________より黄色《きいろ》いです。
這樹葉，比那樹葉還要黃。

□ ばらの花《はな》が________だした。
玫瑰花綻放開來了。

□ 花《はな》の種《たね》をさしあげますから、________みてください。
我送你花的種子，你試種看看。

□ 台風《たいふう》で、枝《えだ》が________かもしれない。
樹枝或許會被颱風吹斷。

□ 白《しろ》い煙《けむり》がたくさん出《で》て、________のようだ。
冒出了很多白煙，像雲一般。

□ 今日《きょう》は、________がきれいです。
今天的月亮很漂亮。

□ 山《やま》の上《うえ》では、________がたくさん見《み》えるだろうと思《おも》います。
我想在山上應該可以看到很多的星星吧！

□ ________の時《とき》はエレベーターに乗《の》るな。
地震的時候不要搭電梯。

□ ________が来《き》て、風《かぜ》が吹《ふ》きはじめた。
颱風來了，開始刮起風了。

□ 今《いま》の________は、とても過《す》ごしやすい。
現在這季節很舒服。

□ 夜《よる》は________のに、毛布《もうふ》がないのですか。
晚上會降溫，沒有毛毯嗎？

□ 雨《あめ》が________だら、でかけましょう。
如果雨停了，就出門吧！

08 月《つき》　09 星《ほし》　10 地震《じしん》　11 台風《たいふう》
12 季節《きせつ》　13 冷《ひ》える　14 やん

015	林《はやし》	名 樹林；（轉）事物集中貌
016	森《もり》	名 樹林
017	光《ひかり》	名 光亮，光線；（喻）光明，希望；威力，光榮
018	光《ひか》る	自五 發光，發亮；出眾
019	映《うつ》る	自五 映照
020	おや	感 哎呀
021	どんどん	副 連續不斷，接二連三；（炮鼓等連續不斷的聲音）咚咚；（進展）順利；（氣勢）旺盛

哪裡不一樣呢？

雲《くも》

指天空中的雲。

曇《くも》り

指烏雲密佈的天氣狀況。

參考答案
⑮ 林《はやし》　⑯ 森《もり》　⑰ 光《ひかり》
⑱ 光《ひか》る　⑲ 映《うつ》る　⑳ おや

□ ________の中《なか》の小道《こみち》を散歩《さんぽ》する。

在林間小道上散步。

□ ________に入《はい》る。

走進森林。

□ ________を発《はっ》する。

發光。

□ 星《ほし》が________。

星光閃耀。

□ 水《みず》に________。

倒映水面。

□ ________、雨《あめ》だ。

哎呀！下雨了！

□ 水《みず》が____________流《なが》れる。

水嘩啦嘩啦不斷地流。

萬用會話

你週末都在做什麼呢？

週末《しゅうまつ》は何《なに》をしてるんですか？

我偶爾會去泡泡溫泉。

たまに温泉《おんせん》に行《い》ったりします。

真是不錯啊。我最近開始學柔道了。

いいですね。私《わたし》は最近《さいきん》、柔道《じゅうどう》を習《なら》い始《はじ》めたんです。

21 どんどん

2 各種物質

Download 16

001	空気《くうき》	名 空氣；氣氛	類 雰囲気《ふんいき》（氣氛）
002	火《ひ》	名 火	類 炎《ほのお》（火焰）
003	石《いし》	名 石頭	類 岩石《がんせき》（岩石）
004	砂《すな》	名 沙	類 砂子《すなご》（沙子）
005	ガソリン【gasoline】	名 汽油	類 燃料《ねんりょう》（燃料）
006	ガラス【（荷）glas】	名 玻璃	類 グラス（glass ／玻璃）
007	絹《きぬ》	名 絲	類 織物《おりもの》（紡織品）
008	ナイロン【nylon】	名 尼龍	類 生地《きじ》（布料）
009	木綿《もめん》	名 棉	類 生地《きじ》（布料）
010	ごみ	名 垃圾	類 塵《ちり》（小垃圾）
011	捨《す》てる	他下一 丟掉，拋棄；放棄	類 破棄《はき》（廢棄）
012	固《かた》い／硬《かた》い／堅《かた》い	形 堅硬	

我想學的單字

參考答案 01 空気《くうき》 02 火《ひ》 03 石《いし》 04 砂《すな》 05 ガソリン 06 ガラス

□ その町《まち》は、＿＿＿＿がきれいですか。
那個小鎮空氣好嗎？

□ まだ、＿＿＿＿をつけちゃいけません。
還不可以點火。

□ 池《いけ》に＿＿＿＿を投《な》げるな。
不要把石頭丟進池塘裡。

□ 雪《ゆき》がさらさらして、＿＿＿＿のようだ。
沙沙的雪，像沙子一般。

□ ＿＿＿＿＿＿を入《い》れなくてもいいんですか。
不加油沒關係嗎？

□ ＿＿＿＿は、プラスチックより弱《よわ》いです。
玻璃比塑膠容易破。

□ 彼女《かのじょ》の誕生日《たんじょうび》に、＿＿＿＿のスカーフをあげました。
女朋友生日，我送了絲質的絲巾給她。

□ ＿＿＿＿の丈夫《じょうぶ》さが、女性《じょせい》のファッションを変《か》えた。
尼龍的耐用性，改變了女性的時尚。

□ 友《とも》だちに、＿＿＿＿の靴下《くつした》をもらいました。
朋友送我棉質襪。

□ 道《みち》に＿＿＿＿を捨《す》てるな。
別把垃圾丟在路邊。

□ いらないものは、＿＿＿＿しまってください。
不要的東西，請全部丟掉！

□ 鉄《てつ》のように＿＿＿＿。
如鋼鐵般堅硬。

07 絹《きぬ》　08 ナイロン　09 木綿《もめん》
10 ごみ　11 捨《す》てて　12 硬《かた》い

1 烹調與食物味道

001	漬《つ》ける	他下一 浸泡；醃	類 浸《ひた》す（浸泡）
002	包《つつ》む	他五 包住，包起來；隱藏	類 被《かぶ》せる（蓋上） 對 現《あらわ》す（顯露）
003	焼《や》く	他五 焚燒；烤	類 焙《あぶ》る（用火烘烤）
004	焼《や》ける	自下一 烤熟；（被）烤熟	類 焦《こ》げる（燒焦）
005	沸《わ》かす	他五 煮沸；使沸騰	類 温《あたた》める（加熱）
006	沸《わ》く	自五 煮沸，煮開；興奮	類 料理《りょうり》（做菜）
007	味《あじ》	名 味道	類 味《あじ》わい（味道）
008	味見《あじみ》	名・自サ 試吃，嚐味道	類 試食《ししょく》（試吃）
009	匂《にお》い	名 味道；風貌	類 香気《こうき》（香味）
010	苦《にが》い	形 苦；痛苦	類 つらい（痛苦的）
011	柔《やわ》らかい	形 柔軟的	
012	大匙《おおさじ》	名 大匙，湯匙	
013	小匙《こさじ》	名 小匙，茶匙	
014	コーヒーカップ【coffee cup】	名 咖啡杯	
015	ラップ【wrap】	名・他サ 包裝紙；保鮮膜	

4 焼《や》ける
1 漬《つ》ける
10 苦《にが》い
8 味見《あじみ》
6 沸《わ》く
12 大匙《おおさじ》
5 沸《わ》かす
13 小匙《こさじ》
2 包《つつ》む
9 匂《にお》い
3 焼《や》く
14 コーヒーカップ
15 ラップ
7 味《あじ》
11 柔《やわ》らかい

Download 17

001	漬《つ》ける	□ 浸泡；醃
002	包《つつ》む	□ 包住，包起來；隱藏
003	焼《や》く	□ 焚燒；烤
004	焼《や》ける	□ 烤熟；（被）烤熟
005	沸《わ》かす	□ 煮沸；使沸騰
006	沸《わ》く	□ 煮沸，煮開；興奮
007	味《あじ》	□ 味道
008	味見《あじみ》	□ 試吃，嚐味道
009	匂《にお》い	□ 味道；風貌
010	苦《にが》い	□ 苦；痛苦
011	柔《やわ》らかい	□ 柔軟的
012	大匙《おおさじ》	□ 大匙，湯匙
013	小匙《こさじ》	□ 小匙，茶匙
014	コーヒーカップ【coffee cup】	□ 咖啡杯
015	ラップ【wrap】	□ 包裝紙；保鮮膜

參考答案 01 漬《つ》ける 02 包《つつ》んで 03 焼《や》き 04 焼《や》け 05 沸《わ》か 06 沸《わ》いて 07 味《あじ》 08 味見《あじみ》

□ 母《はは》は、果物《くだもの》を酒《さけ》に________ように言《い》った。

媽媽說要把水果醃在酒裡。

□ 必要《ひつよう》なものを全部《ぜんぶ》________おく。

先把要用的東西全包起來。

□ 肉《にく》を________すぎました。

肉烤過頭了。

□ ケーキが________たら、お呼《よ》びいたします。

蛋糕烤好後我會叫您的。

□ ここでお湯《ゆ》が________せます。

這裡可以將水煮開。

□ お湯《ゆ》が________から、ガスをとめてください。

等熱水開了，就請把瓦斯關掉。

□ 彼《かれ》によると、このお菓子《かし》はオレンジの________がするそうだ。

聽他說這糕點有柳橙味。

□ ちょっと________をしてもいいですか。

我可以嚐一下味道嗎？

□ この花《はな》は、その花《はな》ほどいい________ではない。

這朵花不像那朵花味道那麼香。

□ 食《た》べてみましたが、ちょっと________です。

試吃了一下，覺得有點苦。

□ ________毛布《もうふ》。

柔軟的毛毯。

□ 火《ひ》をつけたら、まず油《あぶら》を________一杯入《いっぱいい》れます。

開了火之後，首先加入一大匙的油。

□ 塩《しお》は________半分《はんぶん》で十分《じゅうぶん》です。

鹽只要加小湯匙一半的份量就足夠了。

□ ____________を集《あつ》めています。

我正在收集咖啡杯。

□ 野菜《やさい》を________する。

用保鮮膜將蔬菜包起來。

09 匂《にお》い　10 苦《にが》かった　11 柔《やわ》らかい　12 大匙《おおさじ》
13 小匙《こさじ》　14 コーヒーカップ　15 ラップ

2 用餐與食物

Download 18

001	夕飯《ゆうはん》	名 晚飯	類 晩飯《ばんめし》（晚餐） 對 朝飯《あさめし》（早餐）
002	空《す》く	自五 飢餓	類 空腹《くうふく》（空腹） 對 満腹《まんぷく》（吃飽）
003	支度《したく》	名・自サ 準備	類 用意《ようい》（準備）
004	準備《じゅんび》	名・他サ 準備	類 予備《よび》（預備）
005	用意《ようい》	名・他サ 準備	類 支度《したく》（準備）
006	食事《しょくじ》	名・自サ 用餐，吃飯	類 ご飯《はん》（用餐）
007	噛《か》む	他五 咬	類 咀嚼《そしゃく》（咀嚼）
008	残《のこ》る	自五 剩餘，剩下	類 余剰《よじょう》（剩下）
009	食料品《しょくりょうひん》	名 食品	類 食《た》べ物《もの》（食物） 對 飲《の》み物《もの》（飲料）
010	米《こめ》	名 米	類 ご飯《はん》（米飯）
011	味噌《みそ》	名 味噌	
012	ジャム【jam】	名 果醬	
013	湯《ゆ》	名 開水，熱水	類 熱湯《ねっとう》（熱水） 對 水《みず》（冷水）
014	葡萄《ぶどう》	名 葡萄	類 グレープ（grape／葡萄）

參考答案
01 夕飯《ゆうはん》　02 すいた　03 支度《したく》　04 準備《じゅんび》
05 用意《ようい》　06 食事《しょくじ》　07 かま

□ **叔母《おば》は、いつも＿＿＿＿＿を食《た》べさせてくれる。**

叔母總是做晚飯給我吃。

□ **おなかも＿＿＿＿＿し、のどもかわきました。**

肚子也餓了，口也渴了。

□ **旅行《りょこう》の＿＿＿＿＿をしなければなりません。**

我得準備旅行事宜。

□ **早《はや》く明日《あした》の＿＿＿＿＿をしなさい。**

趕快準備明天的事！

□ **食事《しょくじ》をご＿＿＿＿＿いたしましょうか。**

我來為您準備餐點吧？

□ **＿＿＿＿＿をするために、レストランへ行《い》った。**

為了吃飯，去了餐廳。

□ **犬《いぬ》に＿＿＿＿＿れました。**

被狗咬了。

□ **みんなあまり食《た》べなかったために、食《た》べ物《もの》が＿＿＿＿＿。**

因為大家都不怎麼吃，所以食物剩了下來。

□ **パーティーのための＿＿＿＿＿を買《か》わなければなりません。**

得去買派對用的食品。

□ **台所《だいどころ》に＿＿＿＿＿があるかどうか、見《み》てきてください。**

你去看廚房裡是不是還有米。

□ **この料理《りょうり》は、＿＿＿＿＿を使《つか》わなくてもかまいません。**

這道菜不用味噌也行。

□ **あなたに、いちごの＿＿＿＿＿を作《つく》ってあげる。**

我做草莓果醬給你。

□ **＿＿＿＿＿をわかすために、火《ひ》をつけた。**

為了燒開水，點了火。

□ **隣《となり》のうちから、＿＿＿＿＿をいただきました。**

隔壁的鄰居送我葡萄。

08 残《のこ》った　09 食料品《しょくりょうひん》　10 米《こめ》　11 味噌《みそ》
12 ジャム　13 湯《ゆ》　14 ぶどう

3 餐廳用餐

Download 19

001	外食《がいしょく》	名・自サ 外食，在外用餐	對 内食《ないしょく》（在家吃飯）
002	御《ご》馳《ち》走《そう》	名・他サ 請客；豐盛佳餚	類 料《りょう》理《り》（烹調）
003	喫煙席《きつえんせき》	名 吸煙席，吸煙區	
004	禁煙席《きんえんせき》	名 禁煙席，禁煙區	
005	宴会《えんかい》	名 宴會，酒宴	類 宴《うたげ》（宴會）
006	合《ごう》コン	名 聯誼	類 合同《ごうどう》コンパ（聯誼）
007	歓迎会《かんげいかい》	名 歡迎會，迎新會	
008	送別会《そうべつかい》	名 送別會	
009	食《た》べ放題《ほうだい》	名 吃到飽，盡量吃，隨意吃	類 食《く》い放題《ほうだい》（吃到飽）
010	飲《の》み放題《ほうだい》	名 喝到飽，無限暢飲	
011	おつまみ	名 下酒菜，小菜	類 つまみもの（下酒菜）
012	サンドイッチ【sandwich】	名 三明治	

我想學的單字

參考答案 01 外食《がいしょく》 02 ごちそう 03 喫煙席《きつえんせき》 04 禁煙席《きんえんせき》 05 宴会《えんかい》 06 合《ごう》コン

☐ 週《しゅう》に1回《かい》、家族《かぞく》で________します。

每週全家人在外面吃飯一次。

☐ ________がなくてもいいです。

沒有豐盛的佳餚也無所謂。

☐ ________はありますか。

請問有吸煙座位嗎？

☐ ________をお願《ねが》いします。

麻煩你，我要禁煙區的座位。

☐ 年末《ねんまつ》は、________が多《おお》いです。

歲末時期宴會很多。

☐ 大学生《だいがくせい》は________に行《い》くのが好《す》きですねえ。

大學生還真是喜歡參加聯誼呢。

☐ 今日《きょう》は、新入生《しんにゅうせい》の________があります。

今天有舉辦新生的歡迎會。

☐ 課長《かちょう》の________が開《ひら》かれます。

舉辦課長的送別會。

☐ ____________ですから、みなさん遠慮《えんりょ》なくどうぞ。

這家店是吃到飽，所以大家請不用客氣盡量吃。

☐ 一人《ひとり》2000円《えん》で____________になります。

一個人2000圓就可以無限暢飲。

☐ 適当《てきとう》に____________を頼《たの》んでください。

請隨意點一些下酒菜。

☐ ____________を作《つく》ってさしあげましょうか。

幫您做份三明治吧？

07 歓迎会《かんげいかい》　08 送別会《そうべつかい》　09 食《た》べ放題《ほうだい》

10 飲《の》み放題《ほうだい》　11 おつまみ　12 サンドイッチ

013	ケーキ【cake】	名 蛋糕
014	サラダ【salad】	名 沙拉
015	ステーキ【steak】	名 牛排
016	天《てん》ぷら	名 天婦羅
017	～方《かた》	接尾 …方法
018	大嫌《だいきら》い	形動 極不喜歡，最討厭
019	代《か》わりに	副 代替，替代；交換
020	レジ【register】	名 收銀台

哪裡不一樣呢？

空《す》く

肚子餓，空間裡人或物存在的數量很少。

空《あ》く

出現空缺、空隙。

參考答案 ⑬ ケーキ　⑭ サラダ　⑮ ステーキ　⑯ 天《てん》ぷら　⑰ ～方《かた》　⑱ 大嫌《だいきら》い

□ ________を作《つく》る。
做蛋糕。

□ ________を作《つく》る。
做沙拉。

□ ____________を食《た》べる。
吃牛排。

□ ________を食《た》べる。
吃天婦羅。

□ 作《つく》り________を学《まな》ぶ。
學習做法。

□ ________な食《た》べ物《もの》。
最討厭的食物。

□ 米《こめ》の____________なる食料《しょくりょう》。
米食的替代食品。

□ ________で勘定《かんじょう》する。
到收銀台結帳。

萬用會話

我昨天睡前很想吃消夜。
昨日《きのう》寝《ね》る前《まえ》に、なんだか夜食《やしょく》を食《た》べたくなっちゃった。

咦？昨天晚餐不是吃了牛排嗎？
え、でも夕食《ゆうしょく》でステーキ食《た》べたんじゃないか。

吃了還是馬上就餓了呀。
食《た》べたけど、すぐにお腹《なか》が空《す》いちゃうんだよね。

⑲ 代《か》わりに　⑳ レジ

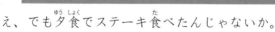

服裝配件與素材

001	着物《きもの》	名 衣服；和服	類 和服《わふく》（和服） 對 洋服《ようふく》（西服）
002	下着《したぎ》	名 內衣，貼身衣物	類 肌着《はだぎ》（貼身衣物） 對 上着《うわぎ》（上衣）
003	オーバー【over（coat）之略】	名 大衣	類 コート（coat／大衣）
004	手袋《てぶくろ》	名 手套	類 足袋《たび》（日式短布襪）
005	イヤリング【earring】	名 耳環	類 耳飾《みみかざ》り（耳環）
006	財布《さいふ》	名 錢包	類 金入《かねい》れ（錢包）
007	濡《ぬ》れる	自下一 淋濕	類 潤《うるお》う（滋潤） 對 乾《かわ》く（乾燥）
008	汚《よご》れる	自下一 髒污；齷齪	類 汚《けが》れる（弄髒）
009	サンダル【sandal】	名 涼鞋	
010	履《は》く	他五 穿（鞋、襪）	
011	指輪《ゆびわ》	名 戒指	類 リング（ring／戒指）
012	糸《いと》	名 線；（三弦琴的）弦	類 毛糸《けいと》（毛線）
013	毛《け》	名 毛線，毛織物，動物的毛	
014	線《せん》	名 線	類 ライン（line／線）

1 着物《きもの》
2 下着《したぎ》
3 オーバー
4 手袋《てぶくろ》
5 イヤリング
6 財布《さいふ》
7 濡《ぬ》れる
8 汚《よご》れる
9 サンダル
10 履《は》く
11 指輪《ゆびわ》
12 糸《いと》
13 毛《け》
14 線《せん》

Download 20

001	着物《きもの》	□ 衣服；和服
002	下着《したぎ》	□ 內衣，貼身衣物
003	オーバー【over（coat）之略】	□ 大衣
004	手袋《てぶくろ》	□ 手套
005	イヤリング【earring】	□ 耳環
006	財布《さいふ》	□ 錢包
007	濡《ぬ》れる	□ 淋濕
008	汚《よご》れる	□ 髒污；齷齪
009	サンダル【sandal】	□ 涼鞋
010	履《は》く	□ 穿（鞋、襪）
011	指輪《ゆびわ》	□ 戒指
012	糸《いと》	□ 線；（三弦琴的）弦
013	毛《け》	□ 毛線，毛織物，動物的毛
014	線《せん》	□ 線

參考答案 01 着物《きもの》 02 下着《したぎ》 03 オーバー 04 手袋《てぶくろ》
05 イヤリング 06 財布《さいふ》 07 濡《ぬ》れて

☐ ________とドレスと、どちらのほうが素敵《すてき》ですか。
和服與洋裝，哪一件比較漂亮？

☐ 木綿《もめん》の________は洗《あら》いやすい。
棉質內衣好清洗。

☐ この黒《くろ》い____________にします。
我要這件黑大衣。

☐ 彼女《かのじょ》は、新《あたら》しい________を買《か》ったそうだ。
聽說她買了新手套。

☐ ____________を一《ひと》つ落《お》としてしまいました。
我不小心弄丟了一個耳環。

☐ 彼女《かのじょ》の________は重《おも》そうです。
她的錢包好像很重的樣子。

☐ 雨《あめ》のために、________しまいました。
被雨淋濕了。

☐ ________シャツを洗《あら》ってもらいました。
我請他幫我把髒了的襯衫拿去送洗了。

☐ 涼《すず》しいので、靴《くつ》ではなくて____________にします。
為了涼快，所以不穿鞋子改穿涼鞋。

☐ 靴《くつ》を________まま、入《はい》らないでください。
請勿穿著鞋進入。

☐ 記念《きねん》の________がほしいかい？
想要戒指做紀念嗎？

☐ ________と針《はり》を買《か》いに行《い》くところです。
正要去買線和針。

☐ このセーターはウサギの________で編《あ》んだものです。
這件毛衣是用兔毛編織而成的。

☐ 先生《せんせい》は、間違《まちが》っている言葉《ことば》を________で消《け》すように言《い》いました。
老師了，說錯誤的字彙要劃線去掉。

08 汚《よご》れた　09 サンダル　10 履《は》いた　11 指輪《ゆびわ》
12 糸《いと》　13 毛《け》　14 線《せん》

015	アクセサリー【accessary】	名 飾品，裝飾品
016	スーツ【suit】	名 套裝
017	ソフト【soft】	名・形動 柔軟，軟的；軟體
018	ハンドバッグ【handbag】	名 手提包
019	付《つ》ける	他下一 裝上，附上；塗上；貼近
020	玩具《おもちゃ》	名 玩具

哪裡不一樣呢？

履《は》く

主要用於腳部的穿戴。

穿《は》く

主要用於身體部位的穿戴。

參考答案 ⑮ アクセサリー ⑯ スーツ ⑰ ソフト ⑱ ハンドバッグ ⑲ 付《つ》ける ⑳ 玩具《おもちゃ》

□ ＿＿＿＿＿をつける。
戴上飾品。

□ ＿＿＿＿を着《き》る。
穿套裝。

□ ＿＿＿＿な感《かん》じ。
柔和的感覺。

□ ＿＿＿＿＿を買《か》う。
買手提包。

□ 壁《かべ》に耳《みみ》を＿＿＿＿。
把耳朵貼在牆上。

□ ＿＿＿＿を買《か》う。
買玩具。

萬用會話

抱歉，讓你久等了。
ごめんね。待《ま》たせちゃった。

你該不會是睡過頭了吧？小櫻。
寝坊《ねぼう》したの？桜《さくら》ちゃん。

不是的，我遲遲沒辦法決定要穿什麼衣服……
ううん、どの服《ふく》を着《き》るか決《き》められなくてさ。

1 內部格局與居家裝潢

001	屋上《おくじょう》	名 屋頂	類 ルーフ（roof／屋頂）
002	壁《かべ》	名 牆壁；障礙	類 隔《へだ》て（隔開物）
003	水道《すいどう》	名 自來水管	類 上水道《じょうすいどう》（自來水管）
004	応接間《おうせつま》	名 會客室	
005	畳《たたみ》	名 榻榻米	
006	押《お》し入《い》れ／押入《おしい》れ	名 （日式的）壁櫥	類 押《お》し込《こ》み（壁櫥）
007	引《ひ》き出《だ》し	名 抽屜	
008	布団《ふとん》	名 棉被	類 寝具《しんぐ》（寢具）
009	カーテン【curtain】	名 窗簾	類 幕《まく》（帷幕）
010	掛《か》ける	他下一 吊掛（「かけ」為ます形，加上句型「お～ください」表下對上的請求）	類 ぶら下《さ》がる（懸、垂吊）
011	掛《か》ける	他下一 坐下（「かけ」為ます形，加上句型「お～ください」表下對上的請求）	類 座《すわ》る（坐下）
012	飾《かざ》る	他五 擺飾，裝飾	類 装《よそ》う（穿戴）
013	向《む》かう	自五 面向	

10 掛《か》ける
1 屋上《おくじょう》
3 水道《すいどう》
6 押《お》し入《い》れ／押入《おしい》れ
2 壁《かべ》
9 カーテン
8 布団《ふとん》
12 飾《かざ》る
11 掛《か》ける
5 畳《たたみ》
4 応接間《おうせつま》
7 引《ひ》き出《だ》し
13 向《む》かう

Download 21

001	屋上《おくじょう》	□ 屋頂
002	壁《かべ》	□ 牆壁；障礙
003	水道《すいどう》	□ 自來水管
004	応接間《おうせつま》	□ 會客室
005	畳《たたみ》	□ 榻榻米
006	押《お》し入《い》れ／押入《おしい》れ	□ （日式的）壁櫥
007	引《ひ》き出《だ》し	□ 抽屜
008	布団《ふとん》	□ 棉被
009	カーテン【curtain】	□ 窗簾
010	掛《か》ける	□ 吊掛（「かけ」為ます形，加上句型「お～ください」表下對上的請求）
011	掛《か》ける	□ 坐下（「かけ」為ます形，加上句型「お～ください」表下對上的請求）
012	飾《かざ》る	□ 擺飾，裝飾
013	向《む》かう	□ 面向

參考答案 01 屋上《おくじょう》 02 壁《かべ》 03 水道《すいどう》 04 応接間《おうせつま》
05 畳《たたみ》 06 押《お》し入《い》れ 07 引《ひ》き出《だ》し 08 布団《ふとん》

□ ＿＿＿＿でサッカーをすることができます。
頂樓可以踢足球。

□ 子《こ》どもたちに、＿＿＿＿に絵《え》をかかないように言《い》った。
已經告訴小孩不要在牆上塗鴉。

□ ＿＿＿＿の水《みず》が飲《の》めるかどうか知《し》りません。
不知道自來水管的水是否可以飲用？

□ ＿＿＿＿の花《はな》に水《みず》をやってください。
會客室裡的花澆一下水。

□ このうちは、＿＿＿＿の匂《にお》いがします。
這屋子散發著榻榻米的味道。

□ その本《ほん》は、＿＿＿＿＿＿にしまっておいてください。
請將那本書收進壁櫥裡。

□ ＿＿＿＿＿＿の中《なか》には、鉛筆《えんぴつ》とかペンとかがあります。
抽屜中有鉛筆跟筆等。

□ ＿＿＿＿をしいて、いつでも寝《ね》られるようにした。
鋪好棉被，以便隨時可以睡覺。

□ ＿＿＿＿＿＿をしめなくてもいいでしょう。
不拉上窗簾也沒關係吧！

□ ここにコートをお＿＿＿＿ください。
請把外套掛在這裡。

□ こちらにお＿＿＿＿になってお待《ま》ちくださいませ。
請您坐在這裡稍待一下。

□ 花《はな》をそこにそう＿＿＿＿ときれいですね。
花像那樣擺在那裡，就很漂亮了。

□ 鏡《かがみ》に＿＿＿＿。
對著鏡子。

09 カーテン　10 掛《か》け　11 掛《か》け
12 飾《かざ》る　13 向《む》かう

2 居住

Download 22

001	建《た》てる	他下一 建造	類 建築《けんちく》（建造）
002	ビル【building】	名 高樓，大廈	類 建築物《けんちくぶつ》（建築物）
003	エスカレーター【escalator】	名 自動手扶梯	
004	お宅《たく》	名 您府上，貴宅；您，您那裡	類 お住《す》まい（<敬>住所）
005	住所《じゅうしょ》	名 地址	類 居所《いどころ》（<文>住處）
006	近所《きんじょ》	名 附近	類 辺《あた》り（附近）
007	留《る》守《す》	名・他サ 不在家；看家	類 不在《ふざい》（不在家）
008	移《うつ》る	自五 遷移;轉移;移動;傳染(「うつり」為ます形，用句型「お～ください」表下對上的請求)	類 動《うご》かす（活動） 對 とめる（停止）
009	引《ひ》っ越《こ》す	自サ 搬家	類 引《ひ》き移《うつ》る（遷移）
010	下宿《げしゅく》	名・自サ 寄宿，住宿	類 貸間《かしま》（出租的房間）
011	生活《せいかつ》	名・自サ 生活	類 暮《く》らし（生活）
012	生《なま》ごみ	名 廚餘，有機垃圾，有水分的垃圾	
013	燃《も》えるごみ	名 可燃垃圾	
014	不便《ふべん》	形動 不方便	類 不自由《ふじゆう》（不自由） 對 便利《べんり》（方便）
015	二階建《にかいだ》て	名 二層建築	

參考答案
01 建《た》て 02 ビル、ビル 03 エスカレーター 04 お宅《たく》
05 住所《じゅうしょ》 06 近所《きんじょ》 07 留《る》守《す》 08 移《うつ》り

- [ ] **こんな家《いえ》を＿＿＿＿たいと思《おも》います。**
  我想蓋這樣的房子。
- [ ] **この＿＿＿＿は、あの＿＿＿＿より高《たか》いです。**
  這棟大廈比那棟大廈高。
- [ ] **駅《えき》に＿＿＿＿＿＿をつけることになりました。**
  車站決定設置自動手扶梯。
- [ ] **うちの息子《むすこ》より、＿＿＿＿の息子《むすこ》さんのほうがまじめです。**
  你家兒子比我家兒子認真。
- [ ] **私《わたし》の＿＿＿＿をあげますから、手紙《てがみ》をください。**
  給你我的地址，請寫信給我。
- [ ] **＿＿＿＿の人《ひと》が、りんごをくれました。**
  鄰居送了我蘋果。
- [ ] **遊《あそ》びに行《い》ったのに、＿＿＿＿だった。**
  我去找他玩，他卻不在家。
- [ ] **あちらの席《せき》にお＿＿＿＿ください。**
  請移到那邊的座位。
- [ ] **大阪《おおさか》に＿＿＿＿＿＿ことにしました。**
  決定搬到大阪了。
- [ ] **＿＿＿＿の探《さが》し方《かた》がわかりません。**
  不知道如何尋找住的公寓。
- [ ] **どんなところでも＿＿＿＿できます。**
  我不管在哪裡都可以生活。
- [ ] **＿＿＿＿は一般《いっぱん》のごみと分《わ》けて捨《す》てます。**
  廚餘要跟一般垃圾分開來丟棄。
- [ ] **＿＿＿＿＿＿は、火曜日《かようび》に出《だ》さなければいけません。**
  可燃垃圾只有星期二才可以丟。
- [ ] **この機械《きかい》は、＿＿＿＿すぎます。**
  這機械太不方便了。
- [ ] **＿＿＿＿＿＿の家《いえ》。**
  兩層樓的家。

09 引《ひ》っ越《こ》す　10 下宿《げしゅく》　11 生活《せいかつ》　12 生《なま》ごみ
13 燃《も》えるごみ　14 不便《ふべん》　15 二階建《にかいだ》て

3 家具、電器與道具

Download 23

001	鏡《かがみ》	名 鏡子	類 ミラー（mirror／鏡子）
002	棚《たな》	名 架子，棚架	類 本棚《ほんだな》（書架）
003	スーツケース【suitcase】	名 手提旅行箱	類 トランク（trunk／旅行大提包）
004	冷房《れいぼう》	名・他サ 冷氣	
005	暖房《だんぼう》	名 暖氣	類 ヒート（heat／熱氣） 對 冷房《れいぼう》（冷氣設備）
006	電灯《でんとう》	名 電燈	類 明《あ》かり（燈）
007	ガスコンロ【(荷) gas+焜炉《こんろ》】	名 瓦斯爐，煤氣爐	
008	乾燥機《かんそうき》	名 乾燥機，烘乾機	
009	ステレオ【stereo】	名 音響	類 レコード（record／唱片）
010	携帯電話《けいたいでんわ》	名 手機，行動電話	類 ケータイ（手機）
011	ベル【bell】	名 鈴聲	類 鈴《すず》（鈴鐺）
012	鳴《な》る	自五 響，叫	類 響《ひび》く（聲響）
013	道具《どうぐ》	名 工具；手段	類 器具《きぐ》（器具）
014	機械《きかい》	名 機械	類 機関《きかん》（機械）
015	タイプ【type】	名 款式；類型；打字	類 形式《けいしき》（形式）

参考答案 01 鏡《かがみ》 02 棚《たな》 03 スーツケース 04 冷房《れいぼう》
05 暖房《だんぼう》 06 電灯《でんとう》 07 ガスコンロ 08 乾燥機《かんそうき》

□ ________なら、そこにあります。
如果要鏡子，就在那裡。

□ ________を作《つく》って、本《ほん》を置《お》けるようにした。
做了架子，以便放書。

□ 親切《しんせつ》な男性《だんせい》に、____________を持《も》っていただきました。
有位親切的男士，幫我拿了旅行箱。

□ ________を点《つ》ける。
開冷氣。

□ 暖《あたた》かいから、________をつけなくてもいいです。
很溫暖的，所以不開暖氣也無所謂。

□ 明《あか》るいから、________をつけなくてもかまわない。
天還很亮，不開電燈也沒關係。

□ ____________を使《つか》っています。
我正在使用瓦斯爐。

□ 梅雨《つゆ》の時期《じき》は、________が欠《か》かせません。
乾燥機是梅雨時期不可缺的工具。

□ 彼《かれ》に____________をあげたら、とても喜《よろこ》んだ。
送他音響，他就非常高興。

□ どこの____________を使《つか》っていますか。
請問你是用哪一個廠牌的手機呢？

□ どこかで________が鳴《な》っています。
不知哪裡的鈴聲響著。

□ ベルが________はじめたら、書《か》くのをやめてください。
鈴聲一響起，就請停筆。

□ ________を集《あつ》めて、いつでも使《つか》えるようにした。
收集了道具，以便隨時可以使用。

□ ________のような音《おと》がしますね。
好像有機械轉動聲耶。

□ 私《わたし》はこの________のパソコンにします。
我要這種款式的電腦。

⑨ ステレオ　⑩ 携帯電話《けいたいでんわ》　⑪ ベル　⑫ 鳴《な》り
⑬ 道具《どうぐ》　⑭ 機械《きかい》　⑮ タイプ

4 使用道具

Download 24

001	点《つ》ける	他下一 打開（家電類）；點燃	類 点《とも》す（點燈） 對 消《け》す（關掉）
002	点《つ》く	自五 點上，（火）點著	類 点《とも》る（點著） 對 消《き》える（熄滅）
003	回《まわ》る	自五 轉動；走動；旋轉	類 巡《めぐ》る（循環）
004	運《はこ》ぶ	他五 運送，搬運；進行	類 運搬《うんぱん》（搬運）
005	止《と》める	他下一 關掉，停止	類 停止《ていし》（停止） 對 動《うご》かす（活動）
006	故障《こしょう》	名・自サ 故障	類 壊《こわ》れる（壞掉）
007	壊《こわ》れる	自下一 壞掉，損壞；故障	類 故障《こしょう》（故障）
008	割《わ》れる	自下一 破掉，破裂	類 砕《くだ》ける（破碎）
009	無《な》くなる	自五 不見，遺失；用光了	類 無《な》くす（不見）
010	取《と》り替《か》える	他下一 交換；更換	類 入《い》れ替《か》える（更換）
011	直《なお》す	他五 修理；改正；治療	類 修理《しゅうり》（修理）
012	直《なお》る	自五 修理；治好	類 復元《ふくげん》（復原）

我想學的單字

參考答案 01 つける 02 ついた 03 回《まわ》る
04 運《はこ》んで 05 止《と》めて 06 故障《こしょう》

□ クーラーを＿＿＿＿より、窓《まど》を開《あ》けるほうがいいでしょう。

與其開冷氣，不如打開窗戶來得好吧！

□ あの家《いえ》は、夜《よる》も電気《でんき》が＿＿＿＿ままだ。

那戶人家，夜裡燈也照樣點著。

□ 村《むら》の中《なか》を、あちこち＿＿＿＿ところです。

正要到村裡到處走動走動。

□ その商品《しょうひん》は、店《みせ》の人《ひと》が＿＿＿＿くださるのです。

那個商品，店裡的人會幫我送過來。

□ その動《うご》きつづけている機械《きかい》を＿＿＿＿ください。

請關掉那台不停轉動的機械。

□ 私《わたし》のコンピューターは、＿＿＿＿しやすい。

我的電腦老是故障。

□ 台風《たいふう》で、窓《まど》が＿＿＿＿ました。

窗戶因颱風，而壞掉了。

□ 鈴木《すずき》さんにいただいたカップが、＿＿＿＿しまいました。

鈴木送我的杯子，破掉了。

□ きのうもらった本《ほん》が、＿＿＿＿しまった。

昨天拿到的書不見了。

□ 新《あたら》しい商品《しょうひん》と＿＿＿＿られます。

可以更換新產品。

□ 自転車《じてんしゃ》を＿＿＿＿やるから、持《も》ってきなさい。

我幫你修理腳踏車，去把它騎過來。

□ この車《くるま》は、土曜日《どようび》までに＿＿＿＿ますか。

這輛車星期六以前能修好嗎？

07 壊《こわ》れ　08 割《わ》れて　09 なくなって
10 取《と》り替《か》え　11 直《なお》して　12 直《なお》り

1 各種機關與設施

001	床屋《とこや》	名 理髮店；理髮師	
002	講堂《こうどう》	名 禮堂	
003	会場《かいじょう》	名 會場	類 催《もよお》し物《もの》（集會）
004	事務所《じむしょ》	名 辦公室	類 オフィス（office／工作場所）
005	教会《きょうかい》	名 教會	類 チャーチ（church／教堂）
006	神社《じんじゃ》	名 神社	類 神宮《じんぐう》（＜位階較高的＞神社）
007	寺《てら》	名 寺廟	類 寺院《じいん》（寺廟）
008	動物園《どうぶつえん》	名 動物園	
009	美術館《びじゅつかん》	名 美術館	
010	駐車場《ちゅうしゃじょう》	名 停車場	類 パーキング（parking／停車場）
011	空港《くうこう》	名 機場	類 飛行場《ひこうじょう》（機場）
012	飛行場《ひこうじょう》	名 機場	類 空港《くうこう》（機場）
013	港《みなと》	名 港口，碼頭	類 港湾《こうわん》（港灣）
014	工場《こうじょう》	名 工廠	類 工場《こうば》（工廠）
015	スーパー【supermarket】之略	名 超級市場	

1 床屋《とこや》
2 講堂《こうどう》
3 会場《かいじょう》
理容
4 事務所《じむしょ》
5 教会《きょうかい》
6 神社《じんじゃ》
7 寺《てら》
8 動物園《どうぶつえん》
動物園
9 美術館《びじゅつかん》
P
10 駐車場《ちゅうしゃじょう》
11 空港《くうこう》
12 飛行場《ひこうじょう》
P
大売り出し
スーパー
15 スーパー
13 港《みなと》
14 工場《こうじょう》
MAP

Download 25

001	床屋《とこや》	□ 理髮店；理髮師
002	講堂《こうどう》	□ 禮堂
003	会場《かいじょう》	□ 會場
004	事《じ》務《む》所《しょ》	□ 辦公室
005	教会《きょうかい》	□ 教會
006	神社《じんじゃ》	□ 神社
007	寺《てら》	□ 寺廟
008	動物園《どうぶつえん》	□ 動物園
009	美《び》術館《じゅつかん》	□ 美術館
010	駐車場《ちゅうしゃじょう》	□ 停車場
011	空港《くうこう》	□ 機場
012	飛《ひ》行場《こうじょう》	□ 機場
013	港《みなと》	□ 港口，碼頭
014	工場《こうじょう》	□ 工廠
015	スーパー【supermarket】之略	□ 超級市場

參考答案
01 床屋《とこや》　02 講堂《こうどう》　03 会場《かいじょう》　04 事務所《じむしょ》
05 教会《きょうかい》　06 神社《じんじゃ》　07 寺《てら》　08 動物園《どうぶつえん》

□ ________で髪《かみ》を切《き》ってもらいました。
在理髮店剪了頭髮。

□ みんなが________に集《あつ》まりました。
大家在禮堂集合。

□ 私《わたし》も________に入《はい》ることができますか。
我也可以進入會場嗎？

□ こちらが、会社《かいしゃ》の________でございます。
這裡是公司的辦公室。

□ 明日《あした》、________でコンサートがあるかもしれない。
明天教會也許有音樂會。

□ この________は、祭《まつ》りのときはにぎやからしい。
這個神社每逢慶典好像都很熱鬧。

□ 京都《きょうと》は、________がたくさんあります。
京都有很多的寺廟。

□ ________の動物《どうぶつ》に食《た》べ物《もの》をやってはいけません。
不可以餵食動物園裡的動物。

□ ________で絵葉書《えはがき》をもらいました。
在美術館拿了明信片。

□ ________に行《い》くと、車《くるま》がなかった。
一到停車場，發現車子不見了。

□ ________まで、送《おく》ってさしあげた。
送他到機場。

□ もう一《ひと》つ________ができるそうだ。
聽説要蓋另一座機場。

□ ________には、船《ふね》がたくさんあるはずだ。
港口應該有很多船。

□ ________で働《はたら》かせてください。
請讓我在工廠工作。

□ ________へ買《か》い物《もの》に行《い》く。
去超市買東西。

09 美術館《びじゅつかん》　10 駐車場《ちゅうしゃじょう》　11 空港《くうこう》　12 飛行場《ひこうじょう》
13 港《みなと》　14 工場《こうじょう》　15 スーパー

2 交通工具與交通

Download 26

001	乗《の》り物《もの》	名 交通工具	
002	オートバイ【auto+bicycle（和製英語）】	名 摩托車	類 バイク（bike／機車）
003	汽車《きしゃ》	名 火車	類 鉄道《てつどう》（鐵路）
004	普通《ふつう》	名・形動 普通，平凡；普通車	類 一般《いっぱん》（一般） 對 特別《とくべつ》（特別）
005	急行《きゅうこう》	名 急行；快車	類 急《いそ》ぐ（急速）
006	特急《とっきゅう》	名 火速；特急列車	對 普通《ふつう》（普通＜列車＞）
007	船《ふね》／舟《ふね》	名 船；舟，小型船	類 汽船《きせん》（輪船）
008	ガソリンスタンド【gasoline+stand（和製英語）】	名 加油站	
009	交通《こうつう》	名 交通	類 行《ゆ》き来《き》（往來）
010	通《とお》り	名 道路，街道	類 道《みち》（通路）
011	事故《じこ》	名 意外，事故	類 出来事《できごと》（事件）
012	工事中《こうじちゅう》	名 施工中；（網頁）建製中	
013	忘《わす》れ物《もの》	名 遺忘物品，遺失物	類 落《おと》し物《もの》（遺失物）
014	帰《かえ》り	名 回家途中	類 帰《かえ》り道《みち》（歸途）
015	番線《ばんせん》	名 軌道線編號，月台編號	

參考答案 01 乗《の》り物《もの》 02 オートバイ 03 汽車《きしゃ》 04 普通《ふつう》
05 急行《きゅうこう》 06 特急《とっきゅう》 07 船《ふね》 08 ガソリンスタンド

☐ ＿＿＿＿に乗《の》るより、歩《ある》くほうがいいです。
走路比搭交通工具好。

☐ その＿＿＿＿＿＿は、彼《かれ》のらしい。
那台摩托車好像是他的。

☐ あれは、青森《あおもり》に行《い》く＿＿＿＿らしい。
那好像是開往青森的火車。

☐ 急行《きゅうこう》は小宮駅《こみやえき》には止《と》まりません。＿＿＿＿列車《れっしゃ》をご利用《りよう》ください。
快車不停小宮車站，請搭乘普通車。

☐ ＿＿＿＿に乗《の》ったので、早《はや》く着《つ》いた。
因為搭乘快車，所以提早到了。

☐ ＿＿＿＿で行《い》こうと思《おも》う。
我想搭特急列車前往。

☐ 飛行機《ひこうき》は、＿＿＿＿より速《はや》いです。
飛機比船還快。

☐ あっちに＿＿＿＿＿＿がありそうです。
那裡好像有加油站。

☐ 東京《とうきょう》は、＿＿＿＿が便利《べんり》です。
東京交通便利。

☐ どの＿＿＿＿も、車《くるま》でいっぱいだ。
不管哪條路，車都很多。

☐ ＿＿＿＿に遭《あ》ったが、ぜんぜんけがをしなかった。
遇到事故，卻毫髮無傷。

☐ この先《さき》は＿＿＿＿です。
前面正在施工中。

☐ あまり＿＿＿＿をしないほうがいいね。
最好別太常忘東西。

☐ 私《わたし》は時々《ときどき》、＿＿＿＿におじの家《いえ》に行《い》くことがある。
我有時回家途中會去伯父家。

☐ 5＿＿＿＿の列車《れっしゃ》。
5 號月台的列車。

⑨ 交通《こうつう》　⑩ 通《とお》り　⑪ 事故《じこ》　⑫ 工事中《こうじちゅう》
⑬ 忘《わす》れ物《もの》　⑭ 帰《かえ》り　⑮ 番線《ばんせん》

3 交通相關

Download 27

001	一方通行《いっぽうつうこう》	名 單行道；單向傳達	類 一方交通《いっぽうこうつう》（單向交通）
002	内側《うちがわ》	名 內部，內側，裡面	類 内《ない》部《ぶ》（內部） 對 外側《そとがわ》（外側）
003	外側《そとがわ》	名 外部，外面，外側	類 外《がい》部《ぶ》（外部） 對 内側《うちがわ》（內部）
004	近道《ちかみち》	名 捷徑，近路	類 近回《ちかまわ》り（抄近路） 對 回《まわ》り道《みち》（繞遠路）
005	横断《おうだん》歩《ほ》道《どう》	名 斑馬線	
006	席《せき》	名 座位；職位	類 座《ざ》席《せき》（座位）
007	運転席《うんてんせき》	名 駕駛座	
008	指《し》定席《ていせき》	名 劃位座，對號入座	對 自《じ》由席《ゆうせき》（自由座）
009	自《じ》由席《ゆうせき》	名 自由座	對 指《し》定席《ていせき》（對號座）
010	通行《つうこう》止《ど》め	名 禁止通行，無路可走	
011	急《きゅう》ブレーキ	名 緊急剎車	
012	終電《しゅうでん》	名 最後一班電車，末班車	類 最終電車《さいしゅうでんしゃ》（末班電車）
013	信号《しんごう》無《む》視《し》	名 違反交通號誌，闖紅（黃）燈	
014	駐車《ちゅうしゃ》違《い》反《はん》	名 違規停車	

參考答案 01 一方通行《いっぽうつうこう》 02 内側《うちがわ》 03 外側《そとがわ》 04 近道《ちかみち》 05 横断《おうだん》歩《ほ》道《どう》 06 席《せき》 07 運転席《うんてんせき》

☐ 台湾《たいわん》は＿＿＿＿＿＿の道《みち》が多《おお》いです。
台灣有很多單行道。

☐ 危《あぶ》ないですから、＿＿＿＿を歩《ある》いた方《ほう》がいいですよ。
這裡很危險，所以還是靠內側行走比較好喔。

☐ だいたい大人《おとな》が＿＿＿＿＿、子《こ》どもが内側《うちがわ》を歩《ある》きます。
通常是大人走在外側，小孩走在內側。

☐ 八百屋《やおや》の前《まえ》を通《とお》ると、＿＿＿＿ですよ。
過了蔬果店前面就是捷徑了。

☐ ＿＿＿＿を渡《わた》る時《とき》は、手《て》をあげましょう。
要走過斑馬線的時候，把手舉起來吧。

☐ ＿＿＿＿につけ。
回位子坐好！

☐ ＿＿＿＿に座《すわ》っているのが父《ちち》です。
坐在駕駛座上的是家父。

☐ ＿＿＿＿ですから、急《いそ》いでいかなくても大丈夫《だいじょうぶ》ですよ。
我是對號座，所以不用趕著過去也無妨。

☐ ＿＿＿＿ですから、席《せき》がないかもしれません。
因為是自由座，所以說不定會沒有位子。

☐ この先《さき》は＿＿＿＿＿＿です。
此處前方禁止通行。

☐ ＿＿＿＿＿をかけることがありますから、必《かなら》ずシートベルトをしてください。
由於有緊急煞車的可能，因此請繫好您的安全帶。

☐ ＿＿＿＿は 12 時《じ》にここを出《で》ます。
末班車將於 12 點由本站開出。

☐ ＿＿＿＿＿＿をして、警察《けいさつ》につかまりました。
因為違反交通號誌，被警察抓到了。

☐ ここに駐車《ちゅうしゃ》すると、＿＿＿＿＿＿になりますよ。
如果把車停在這裡，就會是違規停車喔。

08 指定席《していせき》　09 自由席《じゆうせき》　10 通行止《つうこうど》め　11 急《きゅう》ブレーキ
12 終電《しゅうでん》　13 信号無視《しんごうむし》　14 駐車違反《ちゅうしゃいはん》

4 使用交通工具

Download 28

001	運転《うんてん》	名・他サ 開車；周轉	類 動《うご》かす（移動） 對 止《と》める（停住）
002	通《とお》る	自五 經過；通過；合格	類 通行《つうこう》（通行）
003	乗《の》り換《か》える	他下一 轉乘，換車（「のりかえ」為ます形，加上句型「お～ください」表下對上的請求）	
004	車内《しゃない》アナウンス【announce】	名 車廂內廣播	類 車内放送《しゃないほうそう》（車廂廣播）
005	コインランドリー【coin-operated laundry】	名 投幣式洗衣機	
006	踏《ふ》む	他五 踩住，踩到	類 踏《ふ》まえる（踩）
007	止《と》まる	自五 停止	類 休止《きゅうし》（休止） 對 進《すす》む（前進）
008	拾《ひろ》う	他五 撿拾；叫車	類 拾得《しゅうとく》（拾得） 對 落《お》とす（掉下）
009	下《お》りる／降《お》りる	自上一 下來；下車；退位	類 下《くだ》る（下降） 對 上《のぼ》る（上升）
010	注意《ちゅうい》	名・自サ 注意，小心	類 用心《ようじん》（警惕）
011	通《かよ》う	自五 上學，上班，通勤；來往，往來	類 通勤《つうきん》（上下班）
012	戻《もど》る	自五 回到；回到手頭；折回	類 帰《かえ》る（回去） 對 進《すす》む（前進）
013	寄《よ》る	自五 順道去…；接近	類 立《た》ち寄《よ》る（順道去）
014	空《あ》く	自五 空閒；某處變空	類 減《へ》る（減少） 對 込《こ》む（人多擁擠）
015	揺《ゆ》れる	自下一 搖動；動搖	

參考答案 01 運転《うんてん》 02 通《とお》る 03 乗《の》り換《か》え 04 車内《しゃない》アナウンス
05 コインランドリー 06 踏《ふ》ま 07 止《と》まった 08 拾《ひろ》わ

☐ 車《くるま》を＿＿＿＿しようとしたら、かぎがなかった。

正想開車，才發現沒有鑰匙。

☐ 私《わたし》は、あなたの家《いえ》の前《まえ》を＿＿＿＿ことがあります。

我有時會經過你家前面。

☐ 新宿《しんじゅく》で JR にお ＿＿＿＿ください。

請在新宿轉搭 JR 線。

☐ ＿＿＿＿が聞《き》こえませんでした。

我當時聽不見車廂內廣播。

☐ 駅前《えきまえ》に行《い》けば、＿＿＿＿があリますよ。

只要到車站前就會有投幣式洗衣機喔。

☐ 電車《でんしゃ》の中《なか》で、足《あし》を＿＿＿＿れることはありますか。

在電車裡有被踩過腳嗎？

☐ 今《いま》、ちょうど機械《きかい》が＿＿＿＿ところだ。

現在機器剛停了下來。

☐ 公園《こうえん》でごみを＿＿＿＿せられた。

被叫去公園撿垃圾。

☐ この階段《かいだん》は＿＿＿＿やすい。

這個階梯很好下。

☐ 車《くるま》にご＿＿＿＿ください。

請注意車輛！

☐ 学校《がっこう》に＿＿＿＿ことができて、まるで夢《ゆめ》を見《み》ているようだ。

能夠上學，簡直像作夢一樣。

☐ こう行《い》って、こう行《い》けば、駅《えき》に＿＿＿＿れます。

這樣走，再這樣走下去，就可以回到車站。

☐ 彼《かれ》は、会社《かいしゃ》の帰《かえ》りに喫茶店《きっさてん》に＿＿＿＿たがります。

他回公司途中總喜歡順道去咖啡店。

☐ 席《せき》が＿＿＿＿たら、座《すわ》ってください。

如空出座位來，請坐下。

☐ 車《くるま》が＿＿＿＿。

車子晃動。

09 下《お》り　10 注意《ちゅうい》　11 通《かよ》う　12 戻《もど》
13 寄《よ》り　14 空《あ》い　15 揺《ゆ》れる

1 休閒、旅遊

001	遊《あそ》び	名 遊玩，玩耍；間隙	類 行楽《こうらく》（出遊）
002	小鳥《ことり》	名 小鳥	
003	珍《めずら》しい	形 少見，稀奇	類 異例《いれい》（沒有前例）
004	釣《つ》る	他五 釣魚；引誘	類 釣《つ》り上《あ》げる（釣上來）
005	予約《よやく》	名・他サ 預約	類 アポ（appointment之略／預約）
006	出発《しゅっぱつ》	名・自サ 出發；起步	類 スタート（start／出發） 對 到着《とうちゃく》（到達）
007	案内《あんない》	名・他サ 陪同遊覽，帶路	類 ガイド（帶路）
008	見物《けんぶつ》	名・他サ 觀光，參觀	類 観光《かんこう》（觀光）
009	楽《たの》しむ	他五 享受，欣賞，快樂；以…為消遣；期待，盼望	
010	あんな	連體 那樣地	類 ああ（那樣）
011	景色《けしき》	名 景色，風景	類 風景《ふうけい》（風景）
012	見《み》える	自下一 看見；看得見；看起來	
013	旅館《りょかん》	名 旅館	類 ホテル（hotel／飯店）
014	泊《と》まる	自五 住宿，過夜；（船）停泊	
015	お土産《みやげ》	名 當地名產；禮物	類 みやげ物《もの》（名產）

1 遊《あそ》び
2 小鳥《ことり》
3 珍《めずら》しい
4 釣《つ》る
5 予約《よやく》
6 出発《しゅっぱつ》
7 案内《あんない》
8 見物《けんぶつ》
9 楽《たの》しむ
10 あんな
11 景色《けしき》
12 見《み》える
13 旅館《りょかん》
14 泊《と》まる
15 お土産《みやげ》

Download 29

001	遊《あそ》び	□ 遊玩，玩耍；間隙
002	小鳥《ことり》	□ 小鳥
003	珍《めずら》しい	□ 少見，稀奇
004	釣《つ》る	□ 釣魚；引誘
005	予約《よやく》	□ 預約
006	出発《しゅっぱつ》	□ 出發；起步
007	案内《あんない》	□ 陪同遊覽，帶路
008	見物《けんぶつ》	□ 觀光，參觀
009	楽《たの》しむ	□ 享受，欣賞，快樂；以…為消遣；期待，盼望
010	あんな	□ 那樣地
011	景色《けしき》	□ 景色，風景
012	見《み》える	□ 看見；看得見；看起來
013	旅館《りょかん》	□ 旅館
014	泊《と》まる	□ 住宿，過夜；（船）停泊
015	お土産《みやげ》	□ 當地名產；禮物

參考答案 01 遊《あそ》び 02 小鳥《ことり》 03 珍《めずら》しい 04 釣《つ》る
05 予約《よやく》 06 出発《しゅっぱつ》 07 案内《あんない》 08 見物《けんぶつ》

□ 勉強《べんきょう》より、＿＿＿＿＿のほうが楽《たの》しいです。
玩樂比讀書有趣。

□ ＿＿＿＿＿には、何《なに》をやったらいいですか。
餵什麼給小鳥吃好呢？

□ 彼《かれ》がそう言《い》うのは、＿＿＿＿＿ですね。
他會那樣説倒是很稀奇。

□ ここで魚《さかな》を＿＿＿＿＿な。
不要在這裡釣魚。

□ レストランの＿＿＿＿＿をしなくてはいけない。
得預約餐廳。

□ なにがあっても、明日《あした》は＿＿＿＿＿します。
無論如何，明天都要出發。

□ 京都《きょうと》を＿＿＿＿＿してさしあげました。
我陪同他遊覽了京都。

□ 祭《まつ》りを＿＿＿＿＿させてください。
請讓我參觀祭典。

□ 音楽《おんがく》を＿＿＿＿＿。
欣賞音樂。

□ 私《わたし》だったら、＿＿＿＿＿ことはしません。
如果是我的話，才不會做那種事。

□ どこか、＿＿＿＿＿のいいところへ行《い》きたい。
想去風景好的地方。

□ ここから東京《とうきょう》タワーが＿＿＿＿＿はずがない。
從這裡不可能看得到東京鐵塔。

□ 日本風《にほんふう》の＿＿＿＿＿に泊《と》まることがありますか。
你有時會住日式旅館嗎？

□ ホテルに＿＿＿＿＿。
住飯店。

□ みんなに＿＿＿＿＿を買《か》ってこようと思《おも》います。
我想買點當地名產給大家。

09 楽《たの》しむ　10 あんな　11 景色《けしき》　12 見《み》える
13 旅館《りょかん》　14 泊《と》まる　15 お土産《みやげ》

2 藝文活動

001	趣味《しゅみ》	名 嗜好	類 好《この》み（愛好）
002	興味《きょうみ》	名 興趣	類 好奇心《こうきしん》（好奇心）
003	番組《ばんぐみ》	名 節目	類 プログラム（program／節目＜單＞）
004	展覧会《てんらんかい》	名 展覽會	類 催《もよお》し物《もの》（集會）
005	花見《はなみ》	名 賞花	
006	人形《にんぎょう》	名 洋娃娃，人偶	類 ドール（doll／洋娃娃）
007	ピアノ【piano】	名 鋼琴	
008	コンサート【concert】	名 音樂會	類 音楽会《おんがくかい》（音樂會）
009	ラップ【rap】	名 饒舌樂，饒舌歌	
010	音《おと》	名（物體發出的）聲音	類 音色《ねいろ》（音色）
011	聞《き》こえる	自下一 聽得見	類 聴《き》き取《と》る（聽見）
012	写《うつ》す	他五 照相；描寫，描繪	類 撮《と》る（拍照）
013	踊《おど》り	名 舞蹈	類 舞踊《ぶよう》（舞蹈）
014	踊《おど》る	自五 跳舞，舞蹈	類 ダンス（dance／跳舞）
015	うまい	形 拿手；好吃	類 美味《おい》しい（好吃） 對 まずい（難吃）

參考答案 01 趣味《しゅみ》 02 興味《きょうみ》 03 番組《ばんぐみ》 04 展覧会《てんらんかい》 05 花見《はなみ》 06 人形《にんぎょう》 07 ピアノ 08 コンサート

- □ **君《きみ》の＿＿＿＿は何《なん》だい？**
  你的嗜好是什麼？
- □ **＿＿＿＿があれば、お教《おし》えします。**
  如果有興趣，我可以教您。
- □ **新《あたら》しい＿＿＿＿が始《はじ》まりました。**
  新節目已經開始了。
- □ **＿＿＿＿とか音楽会《おんがくかい》とかに、よく行《い》きます。**
  展覽會啦、音樂會啦，我都常去參加。
- □ **＿＿＿＿は楽《たの》しかったかい？**
  賞花有趣嗎？
- □ **＿＿＿＿の髪《かみ》が伸《の》びるはずがない。**
  洋娃娃的頭髮不可能變長。
- □ **＿＿＿＿を弾《ひ》く。**
  彈鋼琴。
- □ **＿＿＿＿＿＿でも行《い》きませんか。**
  要不要去聽音樂會？
- □ **＿＿＿＿を聞《き》きますか。**
  你聽饒舌音樂嗎？
- □ **あれは、自動車《じどうしゃ》の＿＿＿＿かもしれない。**
  那可能是汽車的聲音。
- □ **電車《でんしゃ》の音《おと》が＿＿＿＿＿＿きました。**
  聽到電車的聲音了。
- □ **写真《しゃしん》を＿＿＿＿あげましょうか。**
  我幫你照相吧！
- □ **沖縄《おきなわ》の＿＿＿＿を見《み》たことがありますか。**
  你看過沖繩舞蹈嗎？
- □ **私《わたし》はタンゴが＿＿＿＿れます。**
  我會跳探戈舞。
- □ **彼《かれ》はテニスは＿＿＿＿のに、ゴルフは下手《へた》です。**
  他擅長打網球，但高爾夫卻打不好。

09 ラップ　10 音《おと》　11 聞《き》こえて　12 写《うつ》して
13 踊《おど》り　14 踊《おど》　15 うまい

3 節日

Download 31

001	正月《しょうがつ》	名 正月，新年	類 新春《しんしゅん》（新年）
002	お祭《まつ》り	名 慶典，祭典	類 祭祀《さいし》（祭祀）
003	行《おこな》う／行《おこ》なう	他五 舉行，舉辦	類 実施《じっし》（實施）
004	お祝《いわ》い	名 慶祝，祝福	類 祝賀《しゅくが》（祝賀）
005	祈《いの》る	自五 祈禱；祝福	類 願《ねが》う（希望）
006	プレゼント【present】	名 禮物	類 贈《おく》り物《もの》（禮物）
007	贈《おく》り物《もの》	名 贈品，禮物	類 ギフト（gift ／禮物）
008	美《うつく》しい	形 美麗，好看	類 綺麗《きれい》（好看） 對 汚《きたな》い（骯髒）
009	上《あ》げる	他下一 給；送	類 与《あた》える（給予） 類 招《まね》く（招待）
010	招待《しょうたい》	名・他サ 邀請	
011	お礼《れい》	名 謝詞，謝禮，謝意	類 返礼《へんれい》（回禮）

我想學的單字

參考答案 01 正月《しょうがつ》 02 お祭《まつ》り 03 行《おこな》わ 04 お祝《いわ》い 05 祈《いの》る 06 プレゼント 07 贈《おく》り物《もの》

☐ もうすぐお＿＿＿＿ですね。
馬上就快新年了。

☐ ＿＿＿＿の日《ひ》が、近《ちか》づいてきた。
慶典快到了。

☐ 来週《らいしゅう》、音楽会《おんがくかい》が＿＿＿＿れる。
音樂將會在下禮拜舉行。

☐ これは、＿＿＿＿のプレゼントです。
這是聊表祝福的禮物。

☐ みんなで、平和《へいわ》について＿＿＿＿ところです。
大家正要為和平而祈禱。

☐ 子《こ》どもたちは、＿＿＿＿＿＿をもらって嬉《うれ》しがる。
孩子們收到禮物，感到欣喜萬分。

☐ この＿＿＿＿をくれたのは、誰《だれ》ですか。
這禮物是誰送我的？

☐ ＿＿＿＿絵《え》を見《み》ることが好《す》きです。
喜歡看美麗的畫。

☐ ほしいなら、＿＿＿＿ますよ。
如果想要，就送你。

☐ みんなをうちに＿＿＿＿するつもりです。
我打算邀請大家來家裡作客。

☐ ＿＿＿＿を言《い》わせてください。
請讓我表示一下謝意。

08 美《うつく》しい　09 あげ
10 招待《しょうたい》　11 お礼《れい》

1 學校與科目

Download 32

001	教育《きょういく》	名 教育	類 文教《ぶんきょう》（文化和教育）
002	小学校《しょうがっこう》	名 小學	
003	中学校《ちゅうがっこう》	名 中學	
004	高校《こうこう》／高等学校《こうとうがっこう》	名 高中	
005	学部《がくぶ》	名 …科系；…院系	
006	専門《せんもん》	名 攻讀科系	類 専攻《せんこう》（專攻）
007	言語学《げんごがく》	名 語言學	類 語学《ごがく》（語言學）
008	経済学《けいざいがく》	名 經濟學	
009	医学《いがく》	名 醫學	類 医術《いじゅつ》（醫術）
010	研究室《けんきゅうしつ》	名 研究室	
011	科学《かがく》	名 科學	類 自然科学《しぜんかがく》（自然科學）
012	数学《すうがく》	名 數學	類 算数《さんすう》（算數）
013	歴史《れきし》	名 歷史	類 沿革《えんかく》（沿革）
014	研究《けんきゅう》・する	名・他サ 研究	類 探究《たんきゅう》（探究）

參考答案 01 教育《きょういく》 02 小学校《しょうがっこう》 03 中学校《ちゅうがっこう》 04 高校《こうこう》 05 学部《がくぶ》 06 専門《せんもん》 07 言語学《げんごがく》

□ ＿＿＿＿のとき、なにをくれますか。
入學的時候，你要送我什麼？

□ 授業《じゅぎょう》の前《まえ》に＿＿＿＿をしたほうがいいです。
上課前預習一下比較好。

□ ＿＿＿＿で消《け》す。
用橡皮擦擦掉。

□ 大学《だいがく》の先生《せんせい》に、法律《ほうりつ》について＿＿＿＿をしていただきました。
請大學老師幫我上法律。

□ ＿＿＿＿をもらったので、英語《えいご》を勉強《べんきょう》しようと思《おも》う。
別人送我字典，所以我想認真學英文。

□ ＿＿＿＿なのに、仕事《しごと》をしなければなりませんでした。
午休卻得工作。

□ ＿＿＿＿があるので、勉強《べんきょう》します。
因為有考試，我要唸書。

□ ＿＿＿＿にまとめる。
整理成報告。

□ ＿＿＿＿の授業《じゅぎょう》は今日《きょう》で最後《さいご》です。
今天是上半期課程的最後一天。

□ ＿＿＿＿の試験《しけん》はいつごろありますか。
請問下半期課程的考試大概在什麼時候？

□ いつか＿＿＿＿できるでしょう。
總有一天會畢業的。

□ ＿＿＿＿で泣《な》きましたか。
你在畢業典禮上有哭嗎？

07 試験《しけん》　08 レポート　09 前期《ぜんき》
10 後期《こうき》　11 卒業《そつぎょう》　12 卒業式《そつぎょうしき》

3 學生生活（二）

Download 34

001	英会話《えいかいわ》	名 英語會話	
002	初心者《しょしんしゃ》	名 初學者	類 素人《しろうと》（外行人） 對 玄人《くろうと》（內行人）
003	入門講座《にゅうもんこうざ》	名 入門課程，初級課程	
004	簡単《かんたん》	形動 簡單	類 単純《たんじゅん》（簡單） 對 複雑《ふくざつ》（複雜）
005	答《こた》え	名 回答；答覆；答案	類 返事《へんじ》（回答） 對 問《と》い（問題）
006	間違《まちが》える	他下一 錯；弄錯	
007	点《てん》	名 點；方面；（得）分	類 ポイント（point／點）
008	落《お》ちる	自上一 落下；掉落；降低，下降	類 落下《らっか》（下降）
009	復習《ふくしゅう》	名・他サ 複習	類 勉強《べんきょう》（唸書）
010	利用《りよう》	名・他サ 利用	類 活用《かつよう》（活用）
011	苛《いじ》める	他下一 欺負，虐待	類 虐待《ぎゃくたい》（虐待）
012	眠《ねむ》たい	形 昏昏欲睡，睏倦	

我想學的單字

參考答案 01 英会話《えいかいわ》 02 初心者《しょしんしゃ》 03 入門講座《にゅうもんこうざ》 04 簡単《かんたん》 05 答《こた》え 06 間違《まちが》えた

□ ＿＿＿＿＿に通《かよ》い始《はじ》めました。
我開始上英語會話的課程了。

□ このテキストは＿＿＿＿＿用《よう》です。
這本教科書適用於初學者。

□ ラジオのスペイン語《ご》＿＿＿＿＿＿＿を聞《き》いています。
我正在收聽廣播上的西班牙語入門課程。

□ ＿＿＿＿＿な問題《もんだい》なので、自分《じぶん》でできます。
因為問題很簡單，我自己可以處理。

□ テストの＿＿＿＿＿は、ああ書《か》いておきました。
考試的答案，都已經寫在那裡了。

□ 先生《せんせい》は、＿＿＿＿ところを直《なお》してくださいました。
老師幫我訂正了錯誤的地方。

□ その＿＿＿＿＿について、説明《せつめい》してあげよう。
關於那一點，我來為你說明吧！

□ 何《なに》か、机《つくえ》から＿＿＿＿＿ましたよ。
有東西從桌上掉下來了喔！

□ 授業《じゅぎょう》の後《あと》で、＿＿＿＿＿をしなくてはいけませんか。
下課後一定得複習嗎？

□ 図書館《としょかん》を＿＿＿＿＿したがらないのは、なぜですか。
你為什麼不想使用圖書館呢？

□ 誰《だれ》に＿＿＿＿＿られたの？
你被誰欺負了？

□ ＿＿＿＿＿てあくびが出《で》る。
想睡覺而打哈欠。

07 点《てん》　08 落《お》ち　09 復習《ふくしゅう》
10 利用《りよう》　11 いじめ　12 眠《ねむ》たく

1 職業、事業

001	受付《うけつけ》	名 詢問處；受理	類 窓口《まどぐち》（窗口）
002	運転手《うんてんしゅ》	名 司機	類 運転士《うんてんし》（駕駛員）
003	看護師《かんごし》	名 看護師，護士（女性俗稱「看護婦」）	
004	警官《けいかん》	名 警察；巡警	類 警察官《けいさつかん》（警察官）
005	警察《けいさつ》	名 警察；警察局	類 警部《けいぶ》（警部）
006	校長《こうちょう》	名 校長	
007	公務員《こうむいん》	名 公務員	類 役人《やくにん》（官員）
008	歯医者《はいしゃ》	名 牙醫	類 歯科医《しかい》（牙醫）
009	アルバイト【（德）arbeit】	名 打工，副業	類 副業《ふくぎょう》（副業）
010	新聞社《しんぶんしゃ》	名 報社	
011	工業《こうぎょう》	名 工業	
012	時給《じきゅう》	名 時薪	類 時間給《じかんきゅう》（計時付酬）
013	見《み》付《つ》ける	他下一 發現，找到；目睹	
014	探《さが》す／捜《さが》す	他五 尋找，找尋	類 求《もと》める（尋求）

5 警察《けいさつ》
6 校長《こうちょう》
11 工業《こうぎょう》
7 公務員《こうむいん》
10 新聞社《しんぶんしゃ》
NEWSPAPER
歯科
8 歯医者《はいしゃ》
INFORMATION
1 受付《うけつけ》
12 時給《じきゅう》
100元
1hr
9 アルバイト
3 看護師《かんごし》
2 運転手《うんてんしゅ》
13 見付《みつ》ける
14 探《さが》す／捜《さが》す
4 警官《けいかん》

35

001	受付《うけつけ》	詢問處；受理
002	運転手《うんてんしゅ》	司機
003	看護師《かんごし》	看護師，護士（女性俗稱「看護婦」）
004	警官《けいかん》	警察；巡警
005	警察《けいさつ》	警察；警察局
006	校長《こうちょう》	校長
007	公務員《こうむいん》	公務員
008	歯医者《はいしゃ》	牙醫
009	アルバイト【（德）arbeit】	打工，副業
010	新聞社《しんぶんしゃ》	報社
011	工業《こうぎょう》	工業
012	時給《じきゅう》	時薪
013	見付《みつ》ける	發現，找到；目睹
014	探《さが》す／捜《さが》す	尋找，找尋

參考答案 01 受付《うけつけ》 02 運転手《うんてんしゅ》 03 看護師《かんごし》 04 警官《けいかん》 05 警察《けいさつ》 06 校長《こうちょう》 07 公務員《こうむいん》

□ ＿＿＿＿＿に行《い》きたいのですが、どちらのほうでしょうか。
我想去詢問處，請問在哪一邊？

□ タクシーの＿＿＿＿＿に、チップをあげた。
給了計程車司機小費。

□ 私《わたし》はもう30年《ねん》も＿＿＿＿＿をしています。
我當護士已長達30年了。

□ ＿＿＿＿＿は、事故《じこ》について話《はな》すように言《い》いました。
警察要我説事故的發生經過。

□ ＿＿＿＿＿に連絡《れんらく》することにしました。
決定向警察報案。

□ ＿＿＿＿＿が、これから話《はなし》をするところです。
校長正要開始説話。

□ ＿＿＿＿＿になるのは、難《むずか》しいようです。
要當公務員好像很難。

□ 歯《は》が痛《いた》いなら、＿＿＿＿＿に行《い》けよ。
如果牙痛，就去看牙醫啊！

□ ＿＿＿＿＿ばかりしていないで、勉強《べんきょう》もしなさい。
別光打工，也要唸書啊！

□ 右《みぎ》の建物《たてもの》は、＿＿＿＿＿でございます。
右邊的建築物是報社。

□ ＿＿＿＿＿と商業《しょうぎょう》と、どちらのほうが盛《さか》んですか。
工業與商業，哪一種比較興盛？

□ コンビニエンスストアでアルバイトすると、＿＿＿＿＿はいくらぐらいですか。
如果在便利商店打工的話，時薪大概多少錢呢？

□ どこでも、仕事《しごと》を＿＿＿＿＿ことができませんでした。
到哪裡都找不到工作。

□ 彼《かれ》が財布《さいふ》をなくしたので、一緒《いっしょ》に＿＿＿＿＿やりました。
他的錢包不見了，所以一起幫忙尋找。

08 歯医者《はいしゃ》　09 アルバイト　10 新聞社《しんぶんしゃ》　11 工業《こうぎょう》
12 時給《じきゅう》　13 見《み》つける　14 探《さが》して

2 職場工作

Download 36

001	計画《けいかく》	名・他サ 計劃	類 見込《みこ》み（估計）
002	予定《よてい》	名・他サ 預定	類 スケジュール（schedule ／行程表）
003	途中《とちゅう》	名 半路上，中途；半途	類 中途《ちゅうと》（中途）
004	掛《か》ける	他下一 把動作加到某人身上（如給人添麻煩）	
005	片付《かたづ》ける	他下一 收拾，打掃；解決	類 整理《せいり》（整理）
006	訪《たず》ねる	他下一 拜訪，訪問	類 訪《おとず》れる（訪問）
007	用《よう》	名 事情；工作	類 用事《ようじ》（事情）
008	用事《ようじ》	名 事情；工作	類 用件《ようけん》（應做的事）
009	両方《りょうほう》	名 兩方，兩種	類 両者《りょうしゃ》（兩者） 對 片方《かたほう》（一邊）
010	都合《つごう》	名 情況，方便度	類 勝手《かって》（任意）
011	手伝《てつだ》う	他五 幫忙	類 助《たす》ける（幫助）
012	会議《かいぎ》	名 會議	類 会談《かいだん》（面談）
013	技術《ぎじゅつ》	名 技術	類 技《わざ》（技能）
014	売《う》り場《ば》	名 賣場	

參考答案 01 計画《けいかく》 02 予定《よてい》 03 途中《とちゅう》 04 かけて
05 片付《かたづ》け 06 訪《たず》ねる 07 用《よう》

□ 私《わたし》の________をご説明《せつめい》いたしましょう。
我來説明一下我的計劃！

□ 木村《きむら》さんから自転車《じてんしゃ》をいただく________です。
我預定要接收木村的腳踏車。

□ ________で事故《じこ》があったために、遅《おそ》くなりました。
因路上發生事故，所以遲到了。

□ 弟《おとうと》はいつもみんなに迷惑《めいわく》を________いた。
弟弟老給大家添麻煩。

□ 教室《きょうしつ》を________ようとしていたら、先生《せんせい》が来《き》た。
正打算整理教室的時候，老師來了。

□ 最近《さいきん》は、先生《せんせい》を________ことが少《すく》なくなりました。
最近比較少去拜訪老師。

□ ________がなければ、来《こ》なくてもかまわない。
如果沒事，不來也沒關係。

□ ________があるなら、行《い》かなくてもかまわない。
如果有事，不去也沒關係。

□ やっぱり________買《か》うことにしました。
我還是決定兩種都買。

□ ________がいいときに、来《き》ていただきたいです。
狀況方便的時候，希望能來一下。

□ いつでも、________あげます。
我隨時都樂於幫你的忙。

□ ________はもう終《お》わったの？
會議已經結束了嗎？

□ ますます________が発展《はってん》していくでしょう。
技術會愈來愈進步吧！

□ 靴下《くつした》________は２階《かい》だそうだ。
聽説襪子的賣場在２樓。

08 用事《ようじ》　09 両方《りょうほう》　10 都合《つごう》　11 手伝《てつだ》って
12 会議《かいぎ》　13 技術《ぎじゅつ》　14 売《う》り場《ば》

3 職場生活

Download 37

001	オフ【off】	名（開關）關；休賽；休假；折扣	對 オン（on／＜開關＞開）
002	遅《おく》れる	自下一 遲到；緩慢	類 遅刻《ちこく》（遲到）
003	頑張《がんば》る	自五 努力，加油；堅持	類 粘《ねば》る（堅持）
004	厳《きび》しい	形 嚴格；嚴重	類 厳重《げんじゅう》（嚴重的） 對 緩《ゆる》い（徐緩）
005	慣《な》れる	自下一 習慣	類 熟練《じゅくれん》（熟練）
006	出《で》来《き》る	自上一 完成；能夠	類 出《で》来《き》上《あ》がる（完成）
007	叱《しか》る	他五 責備，責罵	類 怒《ど》鳴《な》る（大聲喊叫）
008	謝《あやま》る	自五 道歉，謝罪	類 詫《わ》びる（道歉）
009	辞《や》める	他下一 停止；取消；離職	類 辞任《じにん》（辭職）
010	機《き》会《かい》	名 機會	類 チャンス（chance／時機）
011	一《いち》度《ど》	名 一次，一回	類 一回《いっかい》（一次）
012	続《つづ》く	自五 繼續；接連；跟著	類 繋《つな》がる（連接） 對 絶《た》える（斷絕）
013	続《つづ》ける	他下一 持續，繼續；接著	類 続行《ぞっこう》（繼續進行） 對 止《や》める（停止）
014	夢《ゆめ》	名 夢	類 夢《ゆめ》見《み》（作夢） 對 現実《げんじつ》（現實）

參考答案 01 オフ　02 遅《おく》れる　03 がんば　04 厳《きび》しい
05 慣《な》れ　06 できる　07 しかっ

- [ ] ＿＿＿＿＿の日《ひ》に、ゆっくり朝食《ちょうしょく》をとるのが好《す》きです。
  休假的時候，我喜歡悠閒吃早點。
- [ ] 時間《じかん》に＿＿＿＿＿な。
  不要遲到。
- [ ] 父《ちち》に、合格《ごうかく》するまで＿＿＿＿＿れと言《い》われた。
  父親要我努力，直到考上為止。
- [ ] 新《あたら》しい先生《せんせい》は、＿＿＿＿＿かもしれない。
  新老師也許會很嚴格。
- [ ] 毎朝《まいあさ》５時《じ》に起《お》きるということに、もう＿＿＿＿＿ました。
  已經習慣每天早上５點起床了。
- [ ] １週間《しゅうかん》で＿＿＿＿＿はずだ。
  一星期應該就可以完成的。
- [ ] 子《こ》どもをああ＿＿＿＿＿ては、かわいそうですよ。
  把小孩罵成那樣，就太可憐了。
- [ ] そんなに＿＿＿＿＿なくてもいいですよ。
  不必道歉到那種地步。
- [ ] こう考《かんが》えると、会社《かいしゃ》を＿＿＿＿＿ほうがいい。
  這樣一想，還是離職比較好。
- [ ] 彼女《かのじょ》に会《あ》えるいい＿＿＿＿＿だったのに、残念《ざんねん》でしたね。
  難得有這麼好的機會去見她，真是可惜啊。
- [ ] ＿＿＿＿＿あんなところに行《い》ってみたい。
  想去一次那樣的地方。
- [ ] 雨《あめ》は来週《らいしゅう》も＿＿＿＿＿らしい。
  雨好像會持續到下週。
- [ ] 一度《いちど》始《はじ》めたら、最後《さいご》まで＿＿＿＿＿ろよ。
  既然開始了，就要持續到底喔。
- [ ] 彼《かれ》は、まだ甘《あま》い＿＿＿＿＿を見《み》つづけている。
  他還在做天真浪漫的美夢！

08 謝《あやま》ら　09 辞《や》めた　10 機会《きかい》　11 一度《いちど》
12 続《つづ》く　13 続《つづ》け　14 夢《ゆめ》

001	パート【part】	名 打工；部分，篇，章；職責，（扮演的）角色；分得的一份
002	手伝《てつだ》い	名 幫助；幫手；幫傭
003	会議室《かいぎしつ》	名 會議室
004	部長《ぶちょう》	名 經理，部長
005	課長《かちょう》	名 課長，股長
006	進《すす》む	自五 進展
007	チェック【check】	名 檢查
008	別《べつ》	名・形動 別外，別的；區別
009	迎《むか》える	他下一 迎接
010	済《す》む	自五（事情）完結，結束；過得去，沒問題；（問題）解決，（事情）了結
011	寝坊《ねぼう》	名・形動・自サ 睡懶覺，貪睡晚起的人
012	やめる	他下一 停止；戒掉
013	（お）金持《かねも》ち	名 有錢人
014	一般《いっぱん》	名・形動 一般

參考答案 01 パート 02 手伝《てつだ》い 03 会議室《かいぎしつ》 04 部長《ぶちょう》
05 課長《かちょう》 06 進《すす》む 07 チェック

□ ________で働《はたら》く。
打零工。

□ ________を頼《たの》む。
請求幫忙。

□ ________に入《はい》る。
進入會議室。

□ ________になる。
成為部長。

□ ________になる。
成為課長。

□ 仕事《しごと》が________。
工作進展下去。

□ ________が厳《きび》しい。
檢驗嚴格。

□ ________の機会《きかい》。
其他的機會。

□ 客《きゃく》を________。
迎接客人。

□ 用事《ようじ》が________。
辦完事了。

□ ________して会社《かいしゃ》に遅《おく》れた。
睡過頭，上班遲到。

□ たばこを________。
戒煙。

□ ________になる。
變成有錢人。

□ ________の大衆《たいしゅう》。
一般的大眾。

08 別《べつ》　09 迎《むか》える　10 済《す》んだ　11 寝坊《ねぼう》
12 やめる　13 お金持《かねも》ち　14 一般《いっぱん》

4 電腦相關（一）

Download 38

001	ノートパソコン【notebook personal computer 之略】	名 筆記型電腦	
002	デスクトップ（パソコン）【desktop personal computer 之略】	名 桌上型電腦	類 コンピューター（computer ／電腦）
003	キーボード【keyboard】	名 鍵盤；電腦鍵盤；電子琴	
004	マウス【mouse】	名 老鼠；滑鼠	
005	スタートボタン【start button】	名（微軟作業系統的）開機鈕	
006	クリック・する【click】	名・他サ 喀嚓聲；按下（按鍵），點擊	
007	入力《にゅうりょく》・する	名・他サ 輸入（功率）；輸入數據	對 出力《しゅつりょく》（輸出）
008	（インター）ネット【internet】	名 網際網路	
009	ホームページ【homepage】	名 網站首頁；網頁（總稱）	
010	ブログ【blog】	名 部落格	類 ウェブログ（weblog ／網路部落格）
011	インストール・する【install】	名・他サ 安裝（電腦軟體）	類 据《す》えつける（安裝）
012	受信《じゅしん》	名・他サ（郵件、電報等）接收；收聽	對 発信《はっしん》（發信）
013	新《しん》規《き》作《さく》成《せい》・する	名・他サ 新作，從頭做起；（電腦檔案）開新檔案	
014	登録《とうろく》・する	名・他サ 登記；（法）登記，註冊；記錄	類 記録《きろく》（紀錄）

參考答案 01 ノートパソコン 02 デスクトップ 03 キーボード 04 マウス
05 スタートボタン 06 クリックして 07 入力《にゅうりょく》する

- [ ] 小《ちい》さい＿＿＿＿＿＿を買《か》いたいです。
  我想要買小的筆記型電腦。
- [ ] 会社《かいしゃ》では＿＿＿＿＿＿を使《つか》っています。
  在公司的話，我是使用桌上型電腦。
- [ ] この＿＿＿＿＿＿は私《わたし》が使《つか》っているものと並《なら》び方《かた》が違《ちが》います。
  這個鍵盤跟我正在用的鍵盤，按鍵的排列方式不同。
- [ ] ＿＿＿＿の使《つか》い方《かた》が分《わ》かりません。
  我不知道滑鼠的使用方法。
- [ ] ＿＿＿＿＿＿を押《お》してください。
  請按下開機鈕。
- [ ] ここを２回《かい》＿＿＿＿＿＿ください。
  請在這裡點兩下。
- [ ] ひらがなで＿＿＿＿＿＿ことができますか。
  請問可以用平假名輸入嗎？
- [ ] そのホテルは＿＿＿＿＿＿が使《つか》えますか。
  那家旅館可以連接網路嗎？
- [ ] 新《あたら》しい情報《じょうほう》は＿＿＿＿＿＿に載《の》せています。
  最新資訊刊登在網站首頁上。
- [ ] 去年《きょねん》から＿＿＿＿をしています。
  我從去年開始寫部落格。
- [ ] 新《あたら》しいソフトを＿＿＿＿＿＿たいです。
  我想要安裝新的電腦軟體。
- [ ] メールが＿＿＿＿できません。
  沒有辦法接收郵件。
- [ ] この場合《ばあい》は、＿＿＿＿＿＿ないといけません。
  在這種情況之下，必須要開新檔案。
- [ ] 伊藤《いとう》さんのメールアドレスをアドレス帳《ちょう》に＿＿＿＿＿＿ください。
  請將伊藤先生的電子郵件地址登記到地址簿裡。

⑧ ネット ⑨ ホームページ ⑩ ブログ ⑪ インストールし
⑫ 受信《じゅしん》 ⑬ 新規作成《しんきさくせい》し ⑭ 登録《とうろく》して

5 電腦相關（二）

001	メール【mail】	名 郵政，郵件；郵船，郵車	類 電子《でんし》メール（mail／電子郵件）
002	（メール）アドレス【mail address】	名 電子信箱地址，電子郵件地址	類 eメールアドレス（email address／電郵地址）
003	アドレス【address】	名 住址，地址；（電子信箱）地址	類 メールアドレス（mail address／電郵地址）
004	宛先《あてさき》	名 收件人姓名地址，送件地址	
005	件名《けんめい》	名 項目名稱；類別；（電腦）郵件主旨	
006	挿入《そうにゅう》・する	名・他サ 插入，裝入	類 挟《はさ》む（夾）
007	差出人《さしだしにん》	名 發信人，寄件人	類 発送者《はっそうしゃ》（寄件人）
008	添付《てんぷ》・する	名・他サ 添上，附上；（電子郵件）附加檔案	類 付《つ》け添《そ》える（添加）
009	送信《そうしん》・する	名・自サ （電）發報，播送，發射；發送（電子郵件）	對 受信《じゅしん》（接收）
010	転送《てんそう》・する	名・他サ 轉送，轉寄，轉遞	
011	キャンセル・する【cancel】	名・他サ 取消，作廢；廢除	類 取《と》り消《け》す（取消）
012	ファイル【file】	名 文件夾；合訂本，卷宗；（電腦）檔案	
013	保存《ほぞん》・する	名・他サ 保存；儲存（電腦檔案）	類 保《たも》つ（保持）
014	返信《へんしん》・する	名・自サ 回信，回電	類 返書《へんしょ》（回信） 對 往信《おうしん》（去信）

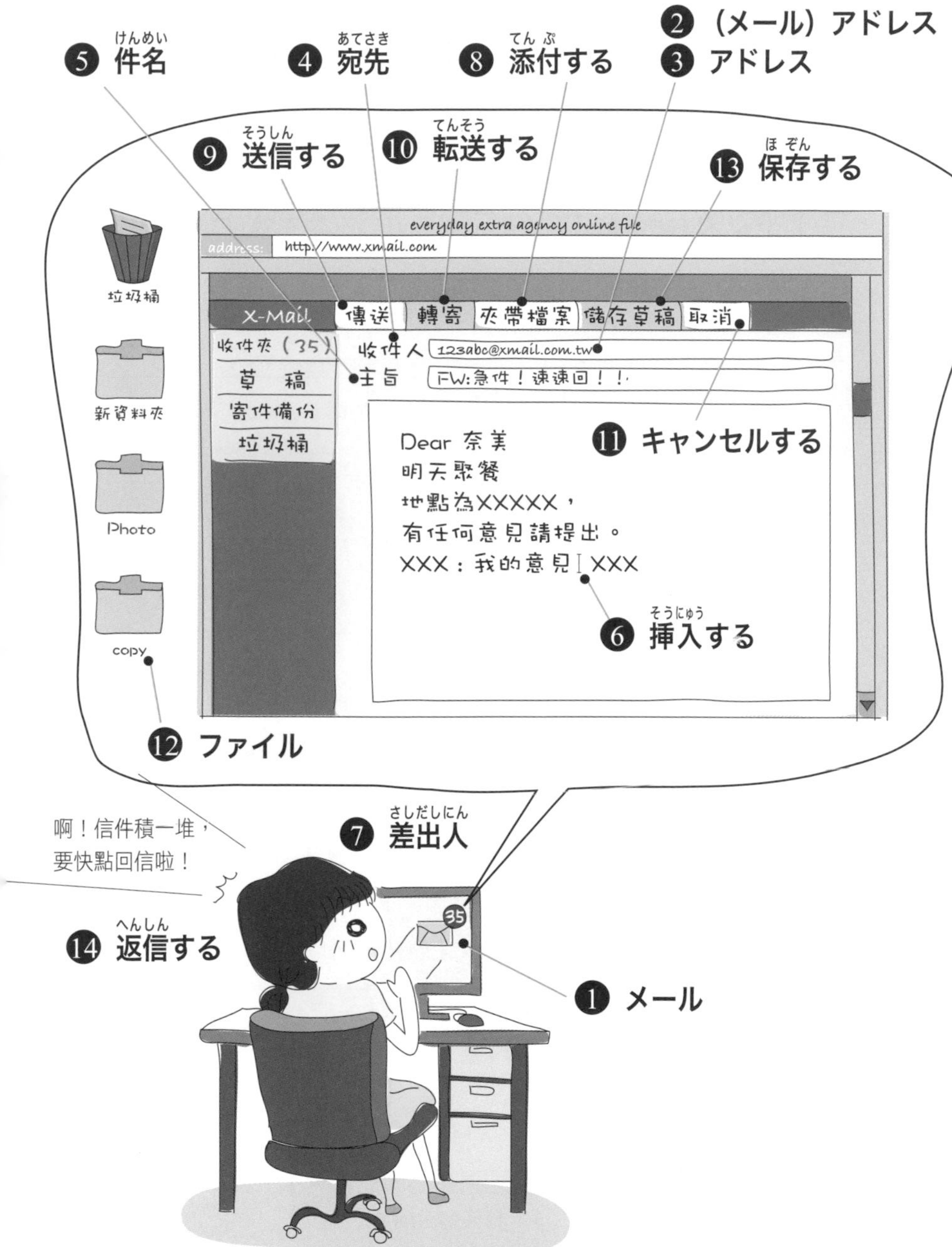
5 件名《けんめい》
4 宛先《あてさき》
8 添付《てんぷ》する
2 （メール）アドレス
3 アドレス
9 送信《そうしん》する
10 転送《てんそう》する
13 保存《ほぞん》する
everyday extra agency online file
address: http://www.xmail.com
X-Mail
傳送
轉寄
夾帶檔案
儲存草稿
取消
收件夾（35）
草稿
寄件備份
垃圾桶
收件人
123abc@xmail.com.tw
主旨
FW:急件！速速回！！
Dear 奈美
明天聚餐
地點為XXXXX，
有任何意見請提出。
XXX：我的意見 XXX
11 キャンセルする
6 挿入《そうにゅう》する
垃圾桶
新資料夾
Photo
copy
12 ファイル
啊！信件積一堆，
要快點回信啦！
7 差出人《さしだしにん》
14 返信《へんしん》する
35
1 メール

Download 39

001	メール【mail】	郵政，郵件；電子郵件；郵船，郵車
002	（メール）アドレス【mail address】	電子信箱地址，電子郵件地址
003	アドレス【address】	住址，地址；（電子信箱）地址
004	宛先《あてさき》	收件人姓名地址，送件地址
005	件名《けんめい》	項目名稱；類別；（電腦）郵件主旨
006	挿入《そうにゅう》・する	插入，裝入
007	差出人《さしだしにん》	發信人，寄件人
008	添付《てんぷ》・する	添上，附上，（電子郵件）附加檔案
009	送信《そうしん》・する	（電）發報，播送，發射；發送（電子郵件）
010	転送《てんそう》・する	轉送，轉寄，轉遞
011	キャンセル・する【cancel】	取消，作廢；廢除
012	ファイル【file】	文件夾；合訂本，卷宗；（電腦）檔案
013	保存《ほぞん》・する	保存；儲存（電腦檔案）
014	返信《へんしん》・する	回信，回電

參考答案 01 メール 02 メールアドレス 03 アドレス 04 宛先《あてさき》
05 件名《けんめい》 06 挿入《そうにゅう》して 07 差出人《さしだしにん》

□ 会議《かいぎ》の場所《ばしょ》と時間《じかん》は、________でお知《し》らせします。
將用電子郵件通知會議的地點與時間。

□ この____________に送《おく》っていただけますか。
可以請您傳送到這個電子信箱地址嗎？

□ その________はあまり使《つか》いません。
我不常使用那個郵件地址。

□ 名刺《めいし》に書《か》いてある________に送《おく》ってください。
請寄到名片上所寫的送件地址。

□ ________を必《かなら》ず入《い》れてくださいね。
請務必要輸入信件主旨喔。

□ 2行目《ぎょうめ》に、この一文《いちぶん》を____________ください。
請在第２行，插入這段文字。

□ ________はだれですか。
寄件人是哪一位？

□ 写真《しゃしん》を________ます。
我附上照片。

□ すぐに________ますね。
我馬上把郵件傳送出去喔。

□ 部長《ぶちょう》にメールを________ました。
把郵件轉寄給部長了。

□ そのメールアドレスはもう____________ました。
這個郵件地址已經作廢了。

□ 昨日《きのう》、作成《さくせい》した________が見《み》つかりません。
我找不到昨天已經做好的檔案。

□ 別《べつ》の名前《なまえ》で____________方《ほう》がいいですよ。
用別的檔名來儲存會比較好喔。

□ 私《わたし》の代《か》わりに、____________おいてください。
請代替我回信。

08 添付《てんぷ》し　09 送信《そうしん》し　10 転送《てんそう》し　11 キャンセルし
12 ファイル　13 保存《ほぞん》した　14 返信《へんしん》して

015 □□□ □□□	コンピューター 【computer】	名 電腦
016 □□□ □□□	スクリーン【screen】	名 銀幕
017 □□□ □□□	パソコン【personal computer】之略	名 個人電腦
018 □□□ □□□	ワープロ【word processor】之略	名 文字處理機

哪裡不一樣呢？

かた
片づける

清理，整理原本雜亂的狀態。

よう い
用意

把東西準備周全。

やめる

停止或放棄某行為、工作或
活動。

とめる

停止某物體的運動或阻止某個過
程。

参考答案 ⑮ コンピューター ⑯ スクリーン
⑰ パソコン ⑱ ワープロ

- [ ] ＿＿＿＿＿＿＿を使《つか》う。
使用電腦。

- [ ] ＿＿＿＿＿＿＿の前《まえ》に立《た》つ。
站在銀幕前。

- [ ] ＿＿＿＿＿を活用《かつよう》する。
活用電腦。

- [ ] ＿＿＿＿＿を打《う》つ。
打文字處理機。

萬用會話

您是哪位？
どちら様《さま》でしょうか。

我叫做智子，麻煩請櫻子小姐聽電話。
智子《ともこ》と申《もう》しますが、桜子《さくらこ》さんをお願《ねが》いします。

是的，請稍等一下。…
はい、少々《しょうしょう》お待《ま》ちくださいね。…

她目前外出中，需要幫您留言嗎？
今《いま》、外出《がいしゅつ》しています。何《なに》かお伝《つた》えましょうか。

我明白了，我稍後再打過來。
わかりました。後《あと》でかけ直《なお》します。

1 經濟與交易

001	経済《けいざい》	名 經濟	類 金融《きんゆう》（金融）
002	貿易《ぼうえき》	名 貿易	類 通商《つうしょう》（通商）
003	盛《さか》ん	形動 繁盛，興盛	類 盛大《せいだい》（盛大）
004	輸出《ゆしゅつ》	名・他サ 出口	類 貿易《ぼうえき》（貿易）
005	品物《しなもの》	名 物品，東西；貨品	類 商品《しょうひん》（商品）
006	特売品《とくばいひん》	名 特賣商品，特價商品	
007	バーゲン【bargain sale 之略】	名 特價商品，出清商品；特賣	類 特売《とくばい》（特賣）
008	値段《ねだん》	名 價錢	類 価格《かかく》（價格）
009	下《さ》げる	他下一 降低，向下；掛；收走，撤下	類 値引《ねび》き（降價） 對 上《あ》げる（舉起）
010	上《あ》がる	自五 上昇，昇高；高漲	類 上昇《じょうしょう》（上升） 對 下《さ》がる（下降）
011	呉《く》れる	他下一 給我	類 与《あた》える（給予）
012	貰《もら》う	他五 收到，拿到	類 受《う》ける（接受） 對 遣《や》る（給予）
013	遣《や》る	他五 給，給予	類 与《あた》える（給予）
014	中止《ちゅうし》	名・他サ 中止	

參考答案 01 経済《けいざい》 02 貿易《ぼうえき》 03 盛《さか》ん、盛《さか》ん 04 輸出《ゆしゅつ》 05 品物《しなもの》 06 特売品《とくばいひん》 07 バーゲン

□ 日本《にほん》の＿＿＿＿＿について、ちょっとお聞《き》きします。
有關日本經濟，想請教你一下。

□ ＿＿＿＿＿の仕事《しごと》は、おもしろいはずだ。
貿易工作應該很有趣的！

□ この町《まち》は、工業《こうぎょう》も＿＿＿＿＿だし商業《しょうぎょう》も＿＿＿＿＿だ。
這小鎮工業跟商業都很興盛。

□ 自動車《じどうしゃ》の＿＿＿＿＿をしたことがありますか。
曾經出口汽車嗎？

□ あのお店《みせ》の＿＿＿＿＿は、とてもいい。
那家店的貨品非常好。

□ お店《みせ》の入《い》り口近《ぐちちか》くにおいてある商品《しょうひん》は、だいたい＿＿＿＿＿ですよ。
放置在店門口附近的商品，大概都會是特價商品。

□ 夏《なつ》の＿＿＿＿＿は来週《らいしゅう》から始《はじ》まります。
夏季特賣將會在下週展開。

□ こちらは＿＿＿＿＿が高《たか》いので、そちらにします。
這個價錢較高，我決定買那個。

□ 飲《の》み終《お》わったら、コップを＿＿＿＿＿ます。
如果喝完了，這杯子就幫您撤下。

□ 野菜《やさい》の値段《ねだん》が＿＿＿＿＿ようだ。
青菜的價格好像要上漲了。

□ そのお金《かね》を私《わたし》に＿＿＿＿＿。
那筆錢給我。

□ 私《わたし》は、＿＿＿＿＿なくてもいいです。
我不拿也沒關係。

□ 動物《どうぶつ》にえさを＿＿＿＿＿ちゃだめです。
不可以給動物餵食。

□ 交渉《こうしょう》＿＿＿＿＿。
停止交涉。

08 値段《ねだん》　09 下《さ》げ　10 上《あ》がる　11 くれ
12 もらわ　13 やっ　14 中止《ちゅうし》

2 金融

Download 41

001	通帳《つうちょう》記《き》入《にゅう》	名 補登錄存摺	
002	暗証番号《あんしょうばんごう》	名 密碼	類 パスワード（password ／密碼）
003	（キャッシュ）カード【cash card】	名 金融卡，提款卡	
004	（クレジット）カード【credit card】	名 信用卡	
005	公共料金《こうきょうりょうきん》	名 公共費用	
006	仕送《しおく》り・する	名・自他サ 匯寄生活費或學費	
007	請求書《せいきゅうしょ》	名 帳單，繳費單	
008	億《おく》	名 億	
009	払《はら》う	他五 付錢；除去	類 支出《ししゅつ》（開支） 對 収入《しゅうにゅう》（收入）
010	お釣《つ》り	名 找零	
011	生産《せいさん》	名・他サ 生產	
012	産業《さんぎょう》	名 產業	
013	割合《わりあい》	名 比，比例	

參考答案 01 通帳《つうちょう》記《き》入《にゅう》　02 暗証番号《あんしょうばんごう》　03 キャッシュカード　04 クレジットカード
05 公共料金《こうきょうりょうきん》　06 仕送《しおく》りして　07 請求書《せいきゅうしょ》　08 億《おく》

□ ここに通帳《つうちょう》を入《い》れると、＿＿＿＿＿＿＿＿できます。
只要把存摺從這裡放進去，就可以補登錄存摺了。

□ ＿＿＿＿＿＿＿＿は定期的《ていきてき》に変《か》えた方《ほう》がいいですよ。
密碼要定期更改比較好喔。

□ ＿＿＿＿＿＿＿＿を忘《わす》れてきました。
我忘記把金融卡帶來了。

□ 初《はじ》めて＿＿＿＿＿＿＿＿を作《つく》りました。
我第一次辦了信用卡。

□ ＿＿＿＿＿＿＿＿は、銀行《ぎんこう》の自動《じどう》引《ひ》き落《お》としにしています。
公共費用是由銀行自動轉帳來繳納的。

□ 東京《とうきょう》にいる息子《むすこ》に毎月《まいつき》＿＿＿＿＿＿＿＿います。
我每個月都寄錢給在東京的兒子。

□ クレジットカードの＿＿＿＿＿＿が届《とど》きました。
收到了信用卡的繳費帳單。

□ 家《いえ》を建《た》てるのに、3＿＿＿＿＿＿円《えん》も使《つか》いました。
蓋房子竟用掉了 3 億圓。

□ 来週《らいしゅう》までに、お金《かね》を＿＿＿＿＿＿なくてはいけない。
下星期前得付款。

□ ＿＿＿＿＿＿を下《くだ》さい。
請找我錢。

□ ＿＿＿＿＿＿を高《たか》める。
提高生產。

□ 通信《つうしん》＿＿＿＿＿＿。
電信產業。

□ ＿＿＿＿＿＿が増《ふ》える。
比率增加。

09 払《はら》わ　10 お釣《つ》り　11 生産《せいさん》
12 産業《さんぎょう》　13 割合《わりあい》

3 政治、法律

Download 42

001	国際《こくさい》	名 國際	
002	政治《せいじ》	名 政治	類 行政《ぎょうせい》（行政）
003	選《えら》ぶ	他五 （「えらび」為ます形），加句型「お～ください」表下對上的請求）	類 選択《せんたく》（選擇）
004	出席《しゅっせき》	名・自サ 出席	類 顔出《かおだ》し（露面） 對 欠席《けっせき》（缺席）
005	戦争《せんそう》	名・自サ 戰爭	類 戦《たたか》い（戰鬥）
006	規則《きそく》	名 規則，規定	類 ルール（rule／規則）
007	法律《ほうりつ》	名 法律	類 法令《ほうれい》（法令）
008	約束《やくそく》	名・他サ 約定，規定	類 約《やく》する（約定）
009	決《き》める	他下一 決定；規定；認定	類 決定《けってい》（決定）
010	立《た》てる	他下一 立起，訂立	類 立案《りつあん》（制訂方案）
011	浅《あさ》い	形 淺的	
012	もう一《ひと》つ	連語 更；再一個	

我想學的單字

參考答案
01 国際《こくさい》　02 政治《せいじ》　03 選《えら》び
04 出席《しゅっせき》　05 戦争《せんそう》　06 規則《きそく》

☐ **彼女《かのじょ》はきっと＿＿＿＿＿的《てき》な仕事《しごと》をするだろう。**
她一定會從事國際性的工作吧！

☐ **＿＿＿＿＿の難《むずか》しさについて話《はな》しました。**
談及了政治的難處。

☐ **好《す》きなのをお＿＿＿＿＿ください。**
請選您喜歡的。

☐ **そのパーティーに＿＿＿＿＿することは難《むずか》しい。**
要出席那個派對是很困難的。

☐ **いつの時代《じだい》でも、＿＿＿＿＿はなくならない。**
不管是哪個時代，戰爭都不會消失的。

☐ **＿＿＿＿＿を守《まも》りなさい。**
你要遵守規定。

☐ **＿＿＿＿＿は、ぜったい守《まも》らなくてはいけません。**
一定要遵守法律。

☐ **ああ＿＿＿＿＿したから、行《い》かなければならない。**
已經那樣約定好了，所以非去不可。

☐ **予定《よてい》をこう＿＿＿＿＿ました。**
行程就這樣決定了。

☐ **自分《じぶん》で勉強《べんきょう》の計画《けいかく》を＿＿＿＿＿ことになっています。**
要我自己訂定讀書計畫。

☐ **見識《けんしき》が＿＿＿＿＿。**
見識淺。

☐ **迫力《はくりょく》が＿＿＿＿＿だ。**
再更有魄力一點。

07 法律《ほうりつ》　08 約束《やくそく》　09 決《き》め
10 立《た》てる　11 浅《あさ》い　12 もう一《ひと》つ

4 犯罪

001	痴漢《ちかん》	名 色情狂	
002	ストーカー【stalker】	名 跟蹤狂	類 忍《しの》び寄《よ》る者《もの》（尾隨者）
003	すり	名 扒手	類 泥棒《どろぼう》（小偷）
004	泥棒《どろぼう》	名 偷竊；小偷，竊賊	類 賊《ぞく》（賊）
005	無《な》くす	他五 弄丟，搞丟	類 失《うしな》う（丟失）
006	落《お》とす	他五 掉下；弄掉	類 失《うしな》う（失去） 對 拾《ひろ》う（撿拾）
007	盗《ぬす》む	他五 偷盜，盜竊	類 横取《よこど》り（搶奪）
008	壊《こわ》す	他五 弄碎；破壞	類 潰《つぶ》す（弄碎）
009	逃《に》げる	自下一 逃走，逃跑	類 逃走《とうそう》（逃走） 對 追《お》う（追趕）
010	捕《つか》まえる	他下一 逮捕，抓；握住	類 捕《と》らえる（逮捕）
011	見付《みつ》かる	自五 發現了；找到	
012	火事《かじ》	名 火災	類 火災《かさい》（火災）
013	危険《きけん》	名・形動 危險	類 危《あぶ》ない（危險的）
014	安全《あんぜん》	名・形動 安全	類 無事《ぶじ》（平安無事）

10 捕《つか》まえる
9 逃《に》げる
14 安全《あんぜん》
11 見付《みつ》かる
1 痴漢《ちかん》
8 壊《こわ》す
嗚～
運氣好背喔～
7 盗《ぬす》む
5 無《な》くす
3 すり
12 火事《かじ》
6 落《お》とす
4 泥棒《どろぼう》
2 ストーカー
13 危険《きけん》

Download 43

001	痴漢《ちかん》	□ 色情狂
002	ストーカー【stalker】	□ 跟蹤狂
003	すり	□ 扒手
004	泥棒《どろぼう》	□ 偷竊；小偷，竊賊
005	無《な》くす	□ 弄丟，搞丟
006	落《お》とす	□ 掉下；弄掉
007	盗《ぬす》む	□ 偷盜，盜竊
008	壊《こわ》す	□ 弄碎；破壞
009	逃《に》げる	□ 逃走，逃跑
010	捕《つか》まえる	□ 逮捕，抓；握住
011	見《み》付《つ》かる	□ 發現了；找到
012	火《か》事《じ》	□ 火災
013	危険《きけん》	□ 危險
014	安全《あんぜん》	□ 安全

參考答案 01 ちかん 02 ストーカー 03 すり 04 泥棒《どろぼう》 05 なくした 06 落《お》とし 07 盗《ぬす》ま

□ 電車《でんしゃ》で＿＿＿＿を見《み》ました。
我在電車上看到了色情狂。

□ ＿＿＿＿に遭《あ》ったことがありますか。
你有被跟蹤狂騷擾的經驗嗎？

□ ＿＿＿＿に財布《さいふ》を盗《ぬす》まれたようです。
錢包好像被扒手扒走了。

□ ＿＿＿＿を怖《こわ》がって、鍵《かぎ》をたくさんつけた。
因害怕遭小偷，所以上了許多道鎖。

□ 財布《さいふ》を＿＿＿＿ので、本《ほん》が買《か》えません。
錢包弄丟了，所以無法買書。

□ ＿＿＿＿たら割《わ》れますから、気《き》をつけて。
掉下來就破了，小心點！

□ お金《かね》を＿＿＿＿れました。
我的錢被偷了。

□ コップを＿＿＿＿しまいました。
摔破杯子了。

□ 警官《けいかん》が来《き》たぞ。＿＿＿＿ろ。
警察來了，快逃！

□ 彼《かれ》が泥棒《どろぼう》ならば、＿＿＿＿なければならない。
如果他是小偷，就非逮捕不可。

□ 財布《さいふ》は＿＿＿＿かい？
錢包找到了嗎？

□ 空《そら》が真《ま》っ赤《か》になって、まるで＿＿＿＿のようだ。
天空一片紅，宛如火災一般。

□ 彼《かれ》は＿＿＿＿なところに行《い》こうとしている。
他打算要去危險的地方。

□ ＿＿＿＿な使《つか》いかたをしなければなりません。
使用時必須注意安全。

08 壊《こわ》して　09 逃《に》げ　10 捕《つか》まえ　11 見《み》つかった
12 火事《かじ》　13 危険《きけん》　14 安全《あんぜん》

數量、次數、形狀與大小

Download 44

001	以下《いか》	名・接尾 以下，不到…	類 以内《いない》（以內） 對 以上《いじょう》（以上）
002	以内《いない》	名・接尾 不超過…；以內	類 以下《いか》（以下） 對 以上《いじょう》（以上）
003	以上《いじょう》	名・接尾 …以上	類 より上《うえ》（比…多） 對 以下《いか》（以下）
004	過《す》ぎる	自上一 超過；過於；經過	類 過度《かど》（過度）
005	足《た》す	他五 補足，增加；（數學）加	
006	足《た》りる	自上一 足夠；可湊合	類 加《くわ》える（加上） 對 除《のぞ》く（除外）
007	多《おお》い	形 多的	類 沢山《たくさん》（很多） 對 少《すく》ない（少）
008	少《すく》ない	形 少	類 少《すこ》し（少量） 對 多《おお》い（多）
009	増《ふ》える	自下一 增加	類 増《ま》す（增加） 對 減《へ》る（減少）
010	形《かたち》	名 形狀；形，樣子	類 輪廓《りんかく》（輪廓）
011	大《おお》きな	準連體 大，大的	對 小《ちい》さな（小的）
012	小《ちい》さな	連體 小，小的；年齡幼小	對 大《おお》きな（大的）
013	緑《みどり》	名 綠色	類 グリーン（green／綠色）
014	深《ふか》い	形 深	類 奥深《おくぶか》い（深邃） 對 浅《あさ》い（淺）

參考答案 01 以下《いか》 02 以内《いない》 03 以上《いじょう》 04 過《す》ぎた 05 足《た》して 06 足《た》りる 07 多《おお》い

□ あの女性《じょせい》は、30 歳《さい》＿＿＿＿の感《かん》じがする。
那位女性，感覺不到 30 歲。

□ 1 万円《まんえん》＿＿＿＿なら、買《か》うことができます。
如果不超過 1 萬圓，就可以買。

□ 100 人《にん》＿＿＿のパーティーと二人《ふたり》で遊《あそ》びに行《い》くのと、どちらのほうが好《す》きですか。
你喜歡參加百人以上的派對，還是兩人單獨出去玩？

□ 5 時《じ》を＿＿＿＿ので、もう家《うち》に帰《かえ》ります。
已經超過 5 點了，我要回家了。

□ 数字《すうじ》を＿＿＿＿いくと、全部《ぜんぶ》で 100 になる。
數字加起來，總共是 100。

□ 1 万円《まんえん》あれば、＿＿＿＿はずだ。
如果有 1 萬圓，應該是夠的。

□ 友《とも》だちは、＿＿＿＿ほうがいいです。
朋友多一點比較好。

□ 本当《ほんとう》に面白《おもしろ》い映画《えいが》は、＿＿＿＿のだ。
有趣的電影真的很少！

□ 結婚《けっこん》しない人《ひと》が＿＿＿＿だした。
不結婚的人開始變多了。

□ どんな＿＿＿＿の部屋《へや》にするか、考《かんが》えているところです。
我正在想要把房間弄成什麼樣子。

□ こんな＿＿＿＿木《き》は見《み》たことがない。
沒看過這麼大的樹木。

□ あの人《ひと》は、いつも＿＿＿＿プレゼントをくださる。
那個人常送我小禮物。

□ 今《いま》、町《まち》を＿＿＿＿でいっぱいにしているところです。
現在鎮上正是綠意盎然的時候。

□ このプールは＿＿＿＿すぎて、危《あぶ》ない。
這個游泳池太過深了，很危險！

08 少《すく》ない　09 増《ふ》え　10 形《かたち》　11 大《おお》きな
12 小《ちい》さな　13 緑《みどり》　14 深《ふか》

1 心理及感情

Download 45

001	心《こころ》	名 內心；心情	類 思《おも》い（思想）
002	気《き》	名 氣息；心思；意識	類 気《き》持《も》ち（感受）
003	気《き》分《ぶん》	名 情緒；身體狀況；氣氛	類 機《き》嫌《げん》（心情）
004	気《き》持《も》ち	名 心情；（身體）狀態	類 感情《かんじょう》（感情）
005	安心《あんしん》	名・自サ 安心	類 大丈夫《だいじょうぶ》（可靠） 對 心配《しんぱい》（擔心）
006	凄《すご》い	形 厲害，很棒；非常	類 激《はげ》しい（激烈）
007	素《す》晴《ばら》しい	形 出色，很好	類 立《りっ》派《ぱ》（了不起）
008	怖《こわ》い	形 可怕，害怕	類 恐《おそ》ろしい（可怕）
009	邪《じゃ》魔《ま》	名・形動・他サ 妨礙，阻擾	類 差《さ》し支《つか》え（妨礙）
010	心配《しんぱい》	名・自サ 擔心；照顧	類 不《ふ》安《あん》（不放心） 對 安心《あんしん》（安心）
011	恥《は》ずかしい	形 丟臉，害羞；難為情	類 面《めん》目《ぼく》ない（沒面子）
012	複雑《ふくざつ》	名・形動 複雜	類 ややこしい（複雜） 對 簡単《かんたん》（簡單）
013	持《も》てる	自下一 能拿，能保持；受歡迎，吃香	類 人《にん》気《き》（人望）
014	ラブラブ【lovelove】	形動 （情侶，愛人等）甜蜜，如膠似漆	

參考答案 01 心《こころ》 02 気《き》 03 気《き》分《ぶん》 04 気《き》持《も》ち 05 安心《あんしん》 06 すごい 07 すばらしい

□ 彼《かれ》の＿＿＿＿の優《やさ》しさに、感動《かんどう》しました。
因他善良的心地，而深受感動。

□ たぶん＿＿＿＿がつくだろう。
應該會發現吧！

□ ＿＿＿＿が悪《わる》くても、会社《かいしゃ》を休《やす》みません。
即使身體狀況不舒服，也不請假。

□ 暗《くら》い＿＿＿＿のまま帰《かえ》ってきた。
心情鬱悶地回來了。

□ 大丈夫《だいじょうぶ》だから、＿＿＿＿しなさい。
沒事的，放心好了。

□ 上手《じょうず》に英語《えいご》が話《はな》せるようになったら、＿＿＿＿なあ。
如果英文能講得好，應該很棒吧！

□ ＿＿＿＿映画《えいが》ですから、見《み》てみてください。
因為是很棒的電影，不妨看看。

□ どんなに＿＿＿＿ても、ぜったい泣《な》かない。
不管怎麼害怕，也絕不哭。

□ ここにこう座《すわ》っていたら、＿＿＿＿ですか。
像這樣坐在這裡，會妨礙到你嗎？

□ 息子《むすこ》が帰《かえ》ってこないので、父親《ちちおや》は＿＿＿＿しはじめた。
由於兒子沒回來，父親開始擔心起來了。

□ 失敗《しっぱい》しても、＿＿＿＿と思《おも》うな。
即使失敗了也不用覺得丟臉。

□ 日本語《にほんご》と英語《えいご》と、どちらのほうが＿＿＿＿だと思《おも》いますか。
日語和英語，你覺得哪個比較複雜？

□ 大学生《だいがくせい》の時《とき》が一番《いちばん》＿＿＿＿ました。
大學時期是最受歡迎的時候。

□ 付《つ》き合《あ》いはじめたばかりですから、＿＿＿＿です。
因為才剛開始交往，兩個人如膠似漆。

08 怖《こわ》く　09 じゃま　10 心配《しんぱい》　11 恥《は》ずかしい
12 複雑《ふくざつ》　13 もて　14 ラブラブ

2 喜怒哀樂

001	嬉《うれ》しい	形 高興，喜悅	類 喜《よろこ》ばしい（喜悅） 對 悲《かな》しい（悲傷）
002	楽《たの》しみ	名 期待，快樂	類 快楽《かいらく》（快樂） 對 苦《くる》しみ（苦痛）
003	喜《よろこ》ぶ	自五 高興	類 大喜《おおよろこ》び（非常歡喜）
004	笑《わら》う	自五 笑；譏笑	類 嘲《あざけ》る（嘲笑） 對 泣《な》く（哭泣）
005	ユーモア【humor】	名 幽默，滑稽，詼諧	類 面白《おもしろ》み（趣味）
006	煩《うるさ》い	形 吵鬧；囉唆	類 騒《さわ》がしい（吵鬧）
007	怒《おこ》る	自五 生氣；斥責	類 腹《はら》立《だ》つ（生氣）
008	驚《おどろ》く	自五 驚嚇；吃驚，驚奇	類 仰天《ぎょうてん》（大吃一驚）
009	悲《かな》しい	形 悲傷，悲哀	類 哀《あわ》れ（悲哀） 對 嬉《うれ》しい（高興）
010	寂《さび》しい	形 孤單；寂寞	類 侘《わび》しい（寂寞） 對 賑《にぎ》やか（熱鬧）
011	残念《ざんねん》	形動 遺憾，可惜	類 悔《くや》しい（後悔）
012	泣《な》く	自五 哭泣	類 号泣《ごうきゅう》（大哭）
013	びっくり	副・自サ 驚嚇，吃驚	類 驚《おどろ》く（驚嚇）

❶ 嬉《うれ》しい
❷ 楽《たの》しみ
❸ 喜《よろこ》ぶ
❹ 笑《わら》う
❺ ユーモア
❻ 煩《うるさ》い
❼ 怒《おこ》る
❽ 驚《おどろ》く
❾ 悲《かな》しい
❿ 寂《さび》しい
⓫ 残念《ざんねん》
⓬ 泣《な》く
⓭ びっくり

001	嬉《うれ》しい	□ 高興，喜悅
002	楽《たの》しみ	□ 期待，快樂
003	喜《よろこ》ぶ	□ 高興
004	笑《わら》う	□ 笑；譏笑
005	ユーモア【humor】	□ 幽默，滑稽，詼諧
006	煩《うるさ》い	□ 吵鬧；囉唆
007	怒《おこ》る	□ 生氣；斥責
008	驚《おどろ》く	□ 驚嚇；吃驚，驚奇
009	悲《かな》しい	□ 悲傷，悲哀
010	寂《さび》しい	□ 孤單；寂寞
011	残念《ざんねん》	□ 遺憾，可惜
012	泣《な》く	□ 哭泣
013	びっくり	□ 驚嚇，吃驚

參考答案 01 嬉《うれ》しい 02 楽《たの》しみ 03 喜《よろこ》び 04 笑《わら》わ
05 ユーモア 06 うるさい 07 怒《おこ》 08 驚《おどろ》か

☐ 誰《だれ》でも、ほめられれば＿＿＿＿＿。
不管是誰，只要被誇都會很高興的。

☐ みんなに会《あ》えるのを＿＿＿＿＿にしています。
我很期待與大家見面！

☐ 弟《おとうと》と遊《あそ》んでやったら、とても＿＿＿＿＿ました。
我陪弟弟玩，結果他非常高興。

☐ 失敗《しっぱい》して、みんなに＿＿＿＿＿れました。
因失敗而被大家譏笑。

☐ ＿＿＿＿＿のある人《ひと》が好《す》きです。
我喜歡有幽默感的人。

☐ ＿＿＿＿＿なあ。静《しず》かにしろ。
很吵耶，安靜一點！

☐ 母《はは》に＿＿＿＿＿られた。
被媽媽罵了一頓！

☐ 彼《かれ》にはいつも、＿＿＿＿＿される。
我總是被他嚇到。

☐ 失敗《しっぱい》してしまって、＿＿＿＿＿です。
失敗了，真是傷心。

☐ ＿＿＿＿＿ので、遊《あそ》びに来《き》てください。
因為我很寂寞，過來坐坐吧！

☐ あなたが来《こ》ないので、みんな＿＿＿＿＿がっています。
因為你沒來，大家都感到很遺憾。

☐ 彼女《かのじょ》は、「とても悲《かな》しいです。」と言《い》って＿＿＿＿＿。
她說：「真是難過啊。」，便哭了起來。

☐ ＿＿＿＿＿させないでください。
請不要嚇我。

09 悲《かな》しい　10 寂《さび》しい　11 残念《ざんねん》
12 泣《な》いた　13 びっくり

3 傳達、通知與報導

Download 47

001	電報《でんぽう》	名 電報	類 電信《でんしん》（電信）
002	届《とど》ける	他下一 送達；送交	類 送付《そうふ》（交付）
003	送《おく》る	他五 寄送；送行	類 届《とど》ける（送達）
004	知《し》らせる	他下一 通知，讓對方知道	類 伝《つた》える（傳達）
005	伝《つた》える	他下一 傳達，轉告；傳導	類 知《し》らせる（通知）
006	連絡《れんらく》	名・自他サ 聯繫，聯絡	類 通知《つうち》（通知）
007	尋《たず》ねる	他下一 問，打聽；詢問	類 聞《き》く（問）
008	調《しら》べる	他下一 查閱，調查	類 調査《ちょうさ》（調查）
009	返事《へんじ》	名・自サ 回答，回覆	類 回答《かいとう》（回答）
010	天気予報《てんきよほう》	名 天氣預報	類 お天気《てんき》（天氣）
011	放送《ほうそう》	名・他サ 播映，播放	類 有線放送《ゆうせんほうそう》（有線播放）

我想學的單字

參考答案 01 電報《でんぽう》 02 届《とど》けて 03 送《おく》って 04 知《し》らせ 05 伝《つた》えて 06 連絡《れんらく》せ 07 尋《たず》ねた

- [ ] **私《わたし》が結婚《けっこん》したとき、彼《かれ》はお祝《いわ》いの＿＿＿＿＿をくれた。**
  我結婚的時候，他打了電報祝福我。
- [ ] **忘《わす》れ物《もの》を＿＿＿＿＿くださって、ありがとう。**
  謝謝您幫我把遺失物送回來。
- [ ] **東京《とうきょう》にいる息子《むすこ》に、お金《かね》を＿＿＿＿＿やりました。**
  寄錢給在東京的兒子了。
- [ ] **このニュースを彼《かれ》に＿＿＿＿＿てはいけない。**
  這個消息不可以讓他知道。
- [ ] **私《わたし》が忙《いそが》しいということを、彼《かれ》に＿＿＿＿＿ください。**
  請轉告他我很忙。
- [ ] **＿＿＿＿＿ずに、仕事《しごと》を休《やす》みました。**
  沒有聯絡就請假了。
- [ ] **彼《かれ》に＿＿＿＿＿けれど、わからなかったのです。**
  去請教過他了，但他不知道。
- [ ] **秘書《ひしょ》に＿＿＿＿＿させます。**
  我讓秘書去調查。
- [ ] **早《はや》く、＿＿＿＿＿しろよ。**
  快點回覆我啦。
- [ ] **＿＿＿＿＿ではああ言《い》っているが、信用《しんよう》できない。**
  雖然天氣預報那樣說，但不能相信。
- [ ] **英語《えいご》の番組《ばんぐみ》が＿＿＿＿＿されることがありますか。**
  有時會播放英語節目嗎？

08 調《しら》べ　09 返事《へんじ》
10 天気予報《てんきよほう》　11 放送《ほうそう》

4 思考與判斷

Download 48

001	思《おも》い出《だ》す	他五 想起來，回想	類 回想《かいそう》（回憶）
002	思《おも》う	自五 覺得，感覺	類 考《かんが》える（認為）
003	考《かんが》える	他下一 想，思考；考慮；認為	類 思《おも》う（覺得）
004	はず	形式名詞 應該；會；確實	類 訳《わけ》（原因）
005	意見《いけん》	名 意見；勸告	類 考《かんが》え（想法）
006	仕方《しかた》	名 方法，做法	類 方法《ほうほう》（方法）
007	まま	名 如實，照舊，…就…；隨意	類 ように（像…一樣）
008	比《くら》べる	他下一 比較	類 比較《ひかく》（比較）
009	場合《ばあい》	名 時候；狀況，情形	類 時《とき》（…的時候）
010	変《へん》	形動 奇怪，怪異；意外	類 妙《みょう》（奇妙）
011	特別《とくべつ》	名・形動 特別，特殊	類 格別《かくべつ》（特別） 對 一般《いっぱん》（普通）
012	大事《だいじ》	名・形動 保重，重要（「大事さ」為形容動詞的名詞形）	類 大切《たいせつ》（重要）
013	相談《そうだん》	名・自他サ 商量	類 話《はな》し合《あ》う（談話）
014	～に拠《よ》ると	自五 根據，依據	類 判断《はんだん》（判斷）
015	そんな	連體 那樣的	

參考答案
01 思《おも》い出《だ》した　02 思《おも》う　03 考《かんが》え　04 はず
05 意見《いけん》　06 仕方《しかた》　07 まま　08 比《くら》べる

□ 明日《あした》は休《やす》みだということを＿＿＿＿。
我想起了明天是放假。

□ 悪《わる》かったと＿＿＿＿なら、謝《あやま》りなさい。
如果覺得自己不對，就去賠不是。

□ その問題《もんだい》は、彼《かれ》に＿＿＿＿させます。
我讓他想那個問題。

□ 彼《かれ》は、年末《ねんまつ》までに日本《にほん》にくる＿＿＿＿です。
他在年底前，應該會來日本。

□ あの学生《がくせい》は、いつも＿＿＿＿を言《い》いたがる。
那個學生，總是喜歡發表意見。

□ 誰《だれ》か、上手《じょうず》な洗濯《せんたく》の＿＿＿＿を教《おし》えてください。
有誰可以教我洗淨衣物的好方法？

□ 靴《くつ》もはかない＿＿＿＿、走《はし》りだした。
沒穿鞋子，就跑起來了！

□ 妹《いもうと》と＿＿＿＿と、姉《あね》の方《ほう》がやっぱり美人《びじん》だ。
跟妹妹比起來，姊姊果然是美女。

□ 彼《かれ》が来《こ》ない＿＿＿＿は、電話《でんわ》をくれるはずだ。
他不來的時候，應該會給我電話的。

□ その服《ふく》は、あなたが思《おも》うほど＿＿＿＿じゃないですよ。
那件衣服，其實並沒有你想像中的那麼怪。

□ 彼《かれ》には、＿＿＿＿の練習《れんしゅう》をやらせています。
讓他進行特殊的練習。

□ 健康《けんこう》の＿＿＿＿さを知《し》りました。
領悟到健康的重要性。

□ なんでも＿＿＿＿してください。
什麼都可以找我商量。

□ 天気予報《てんきよほう》＿＿＿＿、７時《じ》ごろから雪《ゆき》が降《ふ》りだすそうです。
根據氣象報告說，７點左右將開始下雪。

□ ＿＿＿＿ことはない。
沒那回事。

09 場合《ばあい》　10 変《へん》　11 特別《とくべつ》　12 大事《だいじ》
13 相談《そうだん》　14 によると　15 そんな

5 理由與決定

Download 49

001	ため	名 （表目的）為了；（表原因）因為	類 ので（因為）
002	何故《なぜ》	副 為什麼	類 どうして（為什麼）
003	原因《げんいん》	名 原因	類 理由《りゆう》（理由）
004	理由《りゆう》	名 理由，原因	類 事情《じじょう》（內情）
005	訳《わけ》	名 原因，理由；意思	類 旨《むね》（要點）
006	正《ただ》しい	形 正確；端正	類 正当《せいとう》（正當）
007	合《あ》う	自五 合；一致；正確	類 一致《いっち》（相符）
008	必要《ひつよう》	名・形動 需要	類 必需《ひつじゅ》（必需） 對 不要《ふよう》（不需要）
009	宜《よろ》しい	形 好，可以	類 良《い》い（好）
010	無理《むり》	形動 不合理；勉強；逞強；強求	類 不当《ふとう》（不正當） 對 道理《どうり》（道理）
011	駄目《だめ》	名 不行；沒用；無用	類 無駄《むだ》（徒勞）
012	つもり	名 打算；當作	類 覚悟《かくご》（決心）
013	決《き》まる	自五 決定	類 決定《けってい》（決定）
014	反対《はんたい》	名・自サ 相反；反對	類 異議《いぎ》（異議） 對 賛成《さんせい》（贊成）

參考答案 01 ため 02 なぜ 03 原因《げんいん》 04 理由《りゆう》
05 訳《わけ》 06 正《ただ》しい 07 合《あ》え

□ あなたの＿＿＿＿＿に買《か》ってきたのに、食《た》べないの？
這是特地為你買的，你不吃嗎？

□ ＿＿＿＿＿留学《りゅうがく》することにしたのですか。
為什麼決定去留學呢？

□ ＿＿＿＿＿は、小《ちい》さなことでございました。
原因是一件小事。

□ 彼女《かのじょ》は、＿＿＿＿＿を言《い》いたがらない。
她不想說理由。

□ 私《わたし》がそうしたのには、＿＿＿＿＿があります。
我那樣做，是有原因的。

□ 私《わたし》の意見《いけん》が＿＿＿＿＿かどうか、教《おし》えてください。
請告訴我，我的意見是否正確。

□ 時間《じかん》が＿＿＿＿＿ば、会《あ》いたいです。
如果時間能配合，希望能見一面。

□ ＿＿＿＿＿だったら、さしあげますよ。
如果需要，就送您。

□ ＿＿＿＿＿ければ、お茶《ちゃ》をいただきたいのですが。
如果可以的話，我想喝杯茶。

□ 病気《びょうき》のときは、＿＿＿＿＿をするな。
生病時不要太勉強。

□ そんなことをしたら＿＿＿＿＿です。
不可以做那樣的事。

□ 父《ちち》には、そう説明《せつめい》する＿＿＿＿＿です。
打算跟父親那樣說明。

□ 先生《せんせい》が来《く》るかどうか、まだ＿＿＿＿＿いません。
老師還沒決定是否要來。

□ あなたが社長《しゃちょう》に＿＿＿＿＿しちゃ、困《こま》りますよ。
你要是跟社長作對，我會很頭痛的。

08 必要《ひつよう》　09 よろし　10 無理《むり》　11 だめ
12 つもり　13 決《き》まって　14 反対《はんたい》

6 理解

Download 50

001	経験《けいけん》	名・他サ 經驗	類 見聞《けんぶん》（見聞）
002	事《こと》	名 事情	類 事柄《ことがら》（事物的內容）
003	説明《せつめい》	名・他サ 說明	類 解釈《かいしゃく》（解釋）
004	承知《しょうち》	名・他サ 知道，了解，同意；接受	類 受《う》け入《い》れる（接納） 對 断《ことわ》る（謝絕）
005	受《う》ける	他下一 接受；受；領得；應考	類 貰《もら》う（取得）
006	構《かま》う	自他五 在意，理會；逗弄	類 お節介《せっかい》（多管閒事）
007	嘘《うそ》	名 謊言，說謊	類 偽《いつわ》り（謊言） 對 真実《しんじつ》（真相）
008	なるほど	副 原來如此	類 確《たし》かに（的確）
009	変《か》える	他下一 改變；變更	類 改《あらた》める（改變）
010	変《か》わる	自五 變化，改變	類 一新《いっしん》（革新）
011	あ（っ）	感 啊（突然想起、吃驚的樣子）哎呀；（打招呼）喂	
012	うん	感 對，是	
013	そう	感・副 那樣，這樣	類 それ程《ほど》（那麼地）
014	～について	連語 關於	

參考答案 01 経験《けいけん》 02 こと 03 説明《せつめい》 04 承知《しょうち》
05 受《う》け 06 かまう 07 嘘《うそ》

□ ________がないまま、この仕事《しごと》をしている。
我在沒有經驗的情況下，從事這份工作。

□ おかしい________を言《い》ったのに、だれも面白《おもしろ》がらない。
說了滑稽的事，卻沒人覺得有趣。

□ 後《あと》で________をするつもりです。
我打算稍後再說明。

□ 彼《かれ》がこんな条件《じょうけん》で________するはずがありません。
他不可能接受這樣的條件。

□ いつか、大学院《だいがくいん》を________たいと思《おも》います。
我將來想考研究所。

□ あんな男《おとこ》には________な。
不要理會那種男人。

□ 彼《かれ》は、________ばかり言《い》う。
他老愛說謊。

□ ________、この料理《りょうり》は塩《しお》を入《い》れなくてもいいんですね。
原來如此，這道菜不加鹽也行呢！

□ がんばれば、人生《じんせい》を________こともできるのだ。
只要努力，人生也可以改變的。

□ 彼《かれ》は、考《かんが》えが________ようだ。
他的想法好像變了。

□ ________、雨《あめ》が止《や》みましたね。
啊！停了耶。

□ ________、僕《ぼく》は UFO を見《み》たことがあるよ。
對，我看過 UFO 喔！

□ 彼《かれ》は、________言《い》いつづけていた。
他不斷地那樣說著。

□ みんなは、あなたが旅行《りょこう》________話《はな》すことを期待《きたい》しています。
大家很期待聽你說有關旅行的事。

08 なるほど　09 変《か》える　10 変《か》わった　11 あっ
12 うん　13 そう　14 について

7 語言與出版物

Download 51

001	会話《かいわ》	名 會話	類 話《はな》し合《あ》い（談話）
002	発音《はつおん》	名 發音	類 アクセント（accent ／語調）
003	字《じ》	名 字	類 文字《もじ》（文字）
004	文法《ぶんぽう》	名 文法	
005	日記《にっき》	名 日記	類 日誌《にっし》（日記）
006	文化《ぶんか》	名 文化；文明	類 文明《ぶんめい》（文明） 對 自然《しぜん》（自然）
007	文学《ぶんがく》	名 文學	類 小説《しょうせつ》（小説）
008	小説《しょうせつ》	名 小説	類 作《つく》り話《ばなし》（虛構的故事）
009	テキスト【text】	名 教科書	類 教科書《きょうかしょ》（課本）
010	漫画《まんが》	名 漫畫	類 戯画《ぎが》（漫畫）
011	翻訳《ほんやく》	名・他サ 翻譯	類 訳《やく》す（翻譯）

我想學的單字

參考答案
01 会話《かいわ》 02 発音《はつおん》 03 字《じ》 04 文法《ぶんぽう》
05 日記《にっき》 06 文化《ぶんか》 07 文学《ぶんがく》、文学《ぶんがく》

☐ ________の練習《れんしゅう》をしても、なかなか上手《じょうず》になりません。
即使練習會話，也始終不見進步。

☐ 日本語《にほんご》の________を直《なお》してもらっているところです。
正在請他幫我矯正日語的發音。

☐ 田中《たなか》さんは、________が上手《じょうず》です。
田中小姐的字寫得很漂亮。

☐ ________を説明《せつめい》してもらいたいです。
想請你説明一下文法。

☐ ________は、もう書《か》きおわった。
日記已經寫好了。

☐ 外国《がいこく》の________について知《し》りたがる。
我想多了解外國的文化。

☐ アメリカ________は、日本《にほん》________ほど好《す》きではありません。
我對美國文學，沒有像日本文學那麼喜歡。

☐ 先生《せんせい》がお書《か》きになった________を読《よ》みたいです。
我想看老師所寫的小說。

☐ 読《よ》みにくい________ですね。
真是一本難以閱讀的教科書呢！

☐ ________ばかりで、本《ほん》はぜんぜん読《よ》みません。
光看漫畫，完全不看書。

☐ 英語《えいご》の小説《しょうせつ》を________しようと思《おも》います。
我想翻譯英文小說。

08 小説《しょうせつ》
09 テキスト
10 漫画《まんが》
11 翻訳《ほんやく》

1 時間副詞

Download 52

001	急《きゅう》に	副 突然	類 突然《とつぜん》（突然）
002	これから	連語 接下來，現在起	類 今後《こんご》（今後）
003	暫《しばら》く	副 暫時，一會兒；好久	類 一時《いちじ》（暫時）
004	ずっと	副 更；一直	類 いつも（隨時、往常）
005	そろそろ	副 快要；緩慢	類 間《ま》もなく（不久）
006	偶《たま》に	副 偶爾	類 殆《ほとん》ど（幾乎） 對 度々《たびたび》（多次）
007	到頭《とうとう》	副 終於	類 遂《つい》に（終於）
008	久《ひさ》しぶり	名・副 許久，隔了好久	類 ひさびさ（許久）
009	先《ま》ず	副 首先，總之	類 とりあえず（總之）
010	もう直《す》ぐ	副 不久，馬上	
011	やっと	副 終於，好不容易	類 何《なん》とか（設法）
012	急《きゅう》	名・形動 急；突然	

我想學的單字

參考答案
01 急《きゅう》に　02 これから　03 しばらく
04 ずっと　05 そろそろ　06 たまに

□ 車《くるま》は、＿＿＿＿止《と》まることができない。
車子沒辦法突然停下來。

□ ＿＿＿＿、母《はは》にあげるものを買《か》いに行《い》きます。
接下來要去買送母親的禮物。

□ ＿＿＿＿会社《かいしゃ》を休《やす》むつもりです。
我打算暫時向公司請假。

□ ＿＿＿＿ほしかったギターをもらった。
收到一直想要的吉他。

□ ＿＿＿＿2時《じ》でございます。
快要兩點了。

□ ＿＿＿＿祖父《そふ》の家《いえ》に行《い》かなければならない。
偶爾得去祖父家才行。

□ ＿＿＿＿、国《くに》に帰《かえ》ることになりました。
終於決定要回國了。

□ ＿＿＿＿＿＿に、卒業《そつぎょう》した学校《がっこう》に行《い》ってみた。
隔了許久才回畢業的母校看看。

□ ＿＿＿＿ここにお名前《なまえ》をお書《か》きください。
首先請在這裡填寫姓名。

□ この本《ほん》は、＿＿＿＿読《よ》み終《お》わります。
這本書馬上就要看完了。

□ ＿＿＿＿来《き》てくださいましたね。
您終於來了。

□ ＿＿＿＿な用事《ようじ》。
急事。

07 とうとう　08 久《ひさ》しぶり　09 まず
10 もうすぐ　11 やっと　12 急《きゅう》

2 程度副詞

Download 53

001	幾《いく》ら～ても	副 無論…也（不）…	
002	一杯《いっぱい》	副 滿滿地；很多	類 充実《じゅうじつ》（充實）
003	随分《ずいぶん》	副 相當地	類 可《か》成《な》り（相當）
004	すっかり	副 完全，全部	類 全《すべ》て（一切）
005	全然《ぜんぜん》	副（接否定）完全（不）…，一點也（不）…	類 何《なん》にも（什麼也…）
006	そんなに	連體 那麼，那樣	類 それ程《ほど》（那麼地）
007	それ程《ほど》	副 那麼地	類 そんなに（那麼…）
008	大体《だいたい》	副 大部分；大致，大概	類 凡《およ》そ（大概）
009	大分《だいぶ》	副 相當地	類 随分《ずいぶん》（非常）
010	ちっとも	副 一點也（不）…	類 少《すこ》しも（一點也〈不〉…）
011	出来《でき》るだけ	副 盡可能地	類 精々《せいぜい》（盡可能）

我想學的單字

參考答案 01 いくら、ても 02 いっぱい 03 ずいぶん 04 すっかり 05 ぜんぜん 06 そんなに 07 それほど

□ ＿＿＿＿ほしく＿＿＿＿、これはさしあげられません。
無論你多想要，這個也不能給你。

□ そんなに＿＿＿＿くださったら、多《おお》すぎます。
您給我那麼多，太多了。

□ 彼《かれ》は、「＿＿＿＿立派《りっぱ》な家《いえ》ですね。」と言《い》った。
他說：「真是相當豪華的房子呀。」

□ 部屋《へや》は＿＿＿＿片付《かたづ》けてしまいました。
房間全部整理好了。

□ ＿＿＿＿勉強《べんきょう》したくないのです。
我一點也不想唸書。

□ ＿＿＿＿見《み》たいなら、見《み》せてさしあげますよ。
那麼想看的話，就給你看吧！

□ 映画《えいが》が、＿＿＿＿面白《おもしろ》くなくてもかまいません。
電影不是那麼有趣也沒關係。

□ 練習《れんしゅう》して、この曲《きょく》は＿＿＿＿弾《ひ》けるようになった。
練習以後，大致會彈這首曲子了。

□ ＿＿＿＿元気《げんき》になりましたから、もう薬《くすり》を飲《の》まなくてもいいです。
已經好很多了，所以不吃藥也沒關係的。

□ お菓子《かし》ばかり食《た》べて、＿＿＿＿野菜《やさい》を食《た》べない。
光吃甜點，青菜一點也不吃。

□ ＿＿＿＿＿お手伝《てつだ》いしたいです。
我會盡力幫忙的。

08 だいたい　09 だいぶ
10 ちっとも　11 できるだけ

012	中々《なかなか》	副（後接否定）總是（無法）	類 どうしても（無論如何）
013	なるべく	副 盡量，盡可能	類 出来《でき》るだけ（盡可能）
014	ばかり	副助 光，淨	類 だけ（僅僅）
015	非常《ひじょう》に	副 非常，很	類 とても（非常…）
016	別《べつ》に	副 分開；額外；除外；（後接否定）（不）特別，（不）特殊	類 特《とく》に（特地，特別）
017	程《ほど》	副助 …的程度	
018	殆《ほとん》ど	副 幾乎	類 あまり（不太…）
019	割合《わりあい》に	副 比較地	類 割《わり》に（分外）
020	十分《じゅうぶん》	副・形動 充分，足夠	類 満足《まんぞく》（滿足） 對 不十分《ふじゅうぶん》（不充足）
021	もちろん	副 當然	
022	やはり	副 依然，仍然，終究	

我想學的單字

参考答案 ⑫ なかなか ⑬ なるべく ⑭ ばかり ⑮ 非常《ひじょう》に ⑯ 別《べつ》に ⑰ ほど ⑱ ほとんど

□ ＿＿＿＿＿さしあげる機会《きかい》がありません。
始終沒有送他的機會。

□ ＿＿＿＿＿明日《あした》までにやってください。
請盡量在明天以前完成。

□ そんなこと＿＿＿＿＿言《い》わないで、元気《げんき》を出《だ》して。
別淨說那樣的話，打起精神來。

□ 王《おう》さんは、＿＿＿＿＿元気《げんき》そうです。
王先生看起來很有精神。

□ ＿＿＿＿＿教《おし》えてくれなくてもかまわないよ。
不用特別教我也沒關係。

□ あなた＿＿＿＿＿上手《じょうず》な文章《ぶんしょう》ではありませんが、なんとか書《か》き終《お》わったところです。
我的文章程度沒有你寫得好，但總算是完成了。

□ みんな、＿＿＿＿＿食《た》べ終《お》わりました。
大家幾乎用餐完畢了。

□ 東京《とうきょう》の冬《ふゆ》は、＿＿＿＿＿寒《さむ》いだろうと思《おも》う。
我想東京的冬天，應該比較冷吧！

□ 昨日《きのう》は、＿＿＿＿＿お休《やす》みになりましたか。
昨晚有好好休息了嗎？

□ ＿＿＿＿＿あなたは正《ただ》しい。
當然你是對的。

□ 子《こ》どもは＿＿＿＿＿子《こ》どもだ。
小孩終究是小孩。

---

⑲ 割合《わりあい》に　⑳ 十分《じゅうぶん》
㉑ もちろん　㉒ やはり

3 思考、状態副詞

001	ああ	副 那様	類 あのように（那樣）
002	確《たし》か	形動・副 確實，可靠；大概	類 確実《かくじつ》（確實）
003	如何《いかが》	副 如何，怎麼樣	類 どう（怎麼樣）
004	必《かなら》ず	副 一定，務必，必須	類 確《たし》かに（的確） 對 恐《おそ》らく（恐怕）
005	代《か》わり	副 代替，替代；交換	類 代替《だいたい》（代替）
006	きっと	副 一定，務必	類 必《かなら》ず（必定）
007	決《けっ》して	副（後接否定）絕對（不）	對 絶対《ぜったい》（絕對）
008	こう	副 如此；這樣，這麼	
009	確《しっか》り	副・自サ 紮實，落實；可靠	類 確実《かくじつ》（確實）
010	是非《ぜひ》	副 務必；好與壞	類 どうしても（無論如何）
011	例《たと》えば	副 例如	
012	特《とく》に	副 特地，特別	類 特別《とくべつ》（特別）
013	はっきり	副 清楚，露骨	類 明《あき》らか（顯然）
014	若《も》し	副 如果，假如	類 或《あるい》は（或者）
015	やはり／やっぱり	副 還是，仍然	類 果《はた》して（果真）

参考答案
01 ああ　02 確《たし》か　03 いかが　04 必《かなら》ず
05 代《か》わり　06 きっと　07 決《けっ》して　08 こう

- □ 私《わたし》があの時《とき》＿＿＿＿言《い》ったのは、よくなかったです。
  我當時那樣說並不恰當。
- □ ＿＿＿＿、彼《かれ》もそんな話《はなし》をしていました。
  他確實也說了那樣的話。
- □ こんな洋服《ようふく》は、＿＿＿＿ですか。
  這一類的洋裝，您覺得如何？
- □ この仕事《しごと》を 10 時《じ》までに＿＿＿＿やっておいてね。
  10 點以前一定要完成這個工作。
- □ 父《ちち》の＿＿＿＿に、その仕事《しごと》をやらせてください。
  請讓我代替父親，做那個工作。
- □ ＿＿＿＿彼《かれ》が行《い》くことになるでしょう。
  一定會是他去吧！
- □ このことは、＿＿＿＿だれにも言《い》えない。
  這件事我絕對沒辦法跟任何人說。
- □ そうしてもいいが、＿＿＿＿することもできる。
  雖然那樣也可以，但這樣做也可以。
- □ ビジネスのやりかたを、＿＿＿＿勉強《べんきょう》してきます。
  我要紮紮實實去把做生意的要領學回來。
- □ あなたの作品《さくひん》を＿＿＿＿読《よ》ませてください。
  請務必讓我拜讀您的作品。
- □ ＿＿＿＿、こんなふうにしたらどうですか。
  例如像這樣擺可以嗎？
- □ ＿＿＿＿、手伝《てつだ》ってくれなくてもかまわない。
  不用特地來幫忙也沒關係。
- □ 君《きみ》は＿＿＿＿言《い》いすぎる。
  你說得太露骨了。
- □ ＿＿＿＿ほしければ、さしあげます。
  如果想要就送您。
- □ ＿＿＿＿、がんばってみます。
  我還是再努力看看。

09 しっかり　10 ぜひ　11 例《たと》えば　12 特《とく》に
13 はっきり　14 もし　15 やっぱり

4 接續詞、接助詞與接尾詞、接頭詞

Download 55

001	すると	接續 於是；這樣一來	類 その後《ご》（後來）
002	それで	接續 後來，那麼	類 其処《そこ》で（< 轉移話題 > 那麼）
003	それに	接續 而且，再者，又	類 その上《うえ》（而且）
004	だから	接續 所以，因此	類 ので（因此）
005	又《また》は	接續 或者	類 あるいは（或者）
006	けれど／けれども	接助 但是	類 しかし（但是）
007	～置《お》き	接尾 每隔…	
008	～月《がつ》	接尾 …月	
009	～会《かい》	接尾 …會	類 集《あつ》まり（集會）
010	～倍《ばい》	名・接尾 倍，加倍	
011	～軒《けん》	接尾 …間，…家	類 屋根《やね》（屋頂）
012	～ちゃん	接尾 （表親暱稱謂）小…	對 くん（君）
013	～君《くん》	接尾 君	對 ちゃん（小…）

參考答案 01 すると　02 それで　03 それに　04 だから
05 または　06 けれど　07 おき　08 月《がつ》

□ ＿＿＿＿、あなたは明日学校《あしたがっこう》に行《い》かなければならないのですか。
這樣一來，你明天不就得去學校了嗎？

□ ＿＿＿＿、いつまでに終《お》わりますか。
那麼，什麼時候結束呢？

□ その映画《えいが》は面白《おもしろ》いし、＿＿＿＿歴史《れきし》の勉強《べんきょう》にもなる。
這電影不僅有趣，又能從中學到歷史。

□ 明日《あした》はテストです。＿＿＿＿、今準備《いまじゅんび》しているところです。
明天考試。所以，現在正在準備。

□ ペンか、＿＿＿＿鉛筆《えんぴつ》をくれませんか。
可以給我筆或鉛筆嗎？

□ 夏《なつ》の暑《あつ》さは厳《きび》しい＿＿＿＿、冬《ふゆ》は過《す》ごしやすいです。
那裡夏天的酷熱非常難受，但冬天很舒服。

□ 天気予報《てんきよほう》によると、1日《にち》＿＿＿＿に雨《あめ》が降《ふ》るそうだ。
根據氣象報告，每隔一天會下雨。

□ 1＿＿＿＿1日《ついたち》、ふるさとに帰《かえ》ることにした。
我決定1月1日回鄉下。

□ 展覧《てんらん》＿＿＿＿は、終《お》わってしまいました。
展覽會結束了。

□ 今年《ことし》から、＿＿＿＿の給料《きゅうりょう》をもらえるようになりました。
今年起可以領到雙倍的薪資了。

□ 村《むら》には、薬屋《くすりや》が3＿＿＿＿もあるのだ。
村裡竟有3家藥局。

□ まい＿＿＿＿は、何《なに》にする。
小舞，你要什麼？

□ 田中《たなか》＿＿＿＿でも、誘《さそ》おうかと思《おも》います。
我在想是不是也邀請田中君。

09 会《かい》　10 倍《ばい》　11 軒《げん》
12 ちゃん　13 君《くん》

014	～様《さま》	接尾 先生，小姐	類 さん（先生，小姐）
015	～目《め》	接尾 第…	
016	～家《か》	接尾 …家	
017	～式《しき》	接尾 …典禮	類 儀式《ぎしき》（儀式）
018	～製《せい》	接尾 …製	
019	～代《だい》	接尾 （年齡範圍）…多歲	類 世代《せだい》（世代）
020	～出《だ》す	接尾 開始…	
021	～難《にく》い／～悪《にく》い	接尾 難以，不容易	類 難《かた》い（難以…）
022	～やすい	接尾 容易…	類 がち（往往）
023	～過《す》ぎる	接尾 過於…	類 過度《かど》（過度）
024	御《ご》～	接頭 貴（接在跟對方有關的事物、動作的漢字詞前）表示尊敬語、謙讓語	類 お（<表尊敬>貴）
025	～ながら	接助 一邊…，同時…	類 つつ（一面…一面…）
026	～方《かた》	接尾 …方法	

參考答案 14 様《さま》 15 目《め》 16 家《か》 17 式《しき》
18 製《せい》 19 代《だい》、代《だい》 20 だした 21 にく

- □ **山田《やまだ》________、どうぞお入《はい》りください。**
  山田先生，請進。
- □ **田中《たなか》さんは、右《みぎ》から３人《にん》________の人《ひと》だと思《おも》う。**
  我想田中應該是從右邊算起的第３位。
- □ **この問題《もんだい》は、専門《せんもん》________でも難《むずか》しいでしょう。**
  這個問題，連專家也會被難倒吧！
- □ **入学《にゅうがく》________の会場《かいじょう》はどこだい？**
  開學典禮的禮堂在哪裡？
- □ **先生《せんせい》がくださった時計《とけい》は、スイス________だった。**
  老師送我的手錶，是瑞士製的。
- □ **この服《ふく》は、30________とか 40________とかの人《ひと》のために作《つく》られました。**
  這件衣服是為 30 到 40 多歲的人做的。
- □ **うちに着《つ》くと、雨《あめ》が降《ふ》り________。**
  一到家，便開始下起雨來了。
- □ **食《た》べ________ければ、スプーンを使《つか》ってください。**
  如果不方便吃，請用湯匙。
- □ **風邪《かぜ》をひき________ので、気《き》をつけなくてはいけない。**
  容易感冒，所以得小心一點。
- □ **食《た》べ________と太《ふと》りますよ。**
  吃太多會變胖喔。
- □ **________近所《きんじょ》にあいさつをしなくてもいいですか。**
  不跟（貴）鄰居打聲招呼好嗎？
- □ **子《こ》どもが、泣《な》き________走《はし》ってきた。**
  小孩邊哭邊跑過來。
- □ **作《つく》り________を学《まな》ぶ。**
  學習做法。

㉒ やすい　㉓ 過《す》ぎる　㉔ ご
㉕ ながら　㉖ 方《かた》

5 尊敬與謙讓用法

Download 56

001	いらっしゃる	自五 來，去，在（尊敬語）	類 行《い》く、来《く》る（去；來）
002	おいでになる	自五 來，去，在（尊敬語）	類 行《い》く、来《く》る（去；來）
003	ご存知《ぞんじ》	名 您知道（尊敬語）	類 理解《りかい》（理解）
004	ご覧《らん》になる	他五 看，閱讀（尊敬語）	類 見《み》る（看）
005	なさる	他五 做	類 する（做）
006	召《め》し上《あ》がる	他五 （敬）吃，喝	類 食《た》べる（吃）
007	致《いた》す	自他五 （”する”的謙恭說法）做，辦；致；有…，感覺…	類 する（做）
008	頂《いただ》く／戴《いただ》く	他五 接收；領取；吃，喝	類 受《う》け取《と》る（接收）
009	伺《うかが》う	他五 拜訪；打聽（謙讓語）	類 訪《おとず》れる（訪問）
010	おっしゃる	他五 說，講，叫	類 言《い》う（說）

哪裡不一樣呢？

頂《いただ》く

領受，接收。

差《さ》し上《あ》げる

給予，敬獻。

參考答案 01 いらっしゃら 02 おいでになり 03 ご存知《ぞんじ》
04 ごらんになる 05 なさった 06 召《め》し上《あ》がり

□ **忙《いそが》しければ、______なくてもいいですよ。**

如果很忙，不來也沒關係的。

□ **明日《あした》のパーティーに、社長《しゃちょう》は______ますか。**

明天的派對，社長會蒞臨嗎？

□ **______のことをお教《おし》えください。**

請告訴我您所知道的事。

□ **ここから、富士山《ふじさん》を______ことができます。**

從這裡可以看到富士山。

□ **どうして、あんなことを______のですか。**

您為什麼會做那種事呢？

□ **お菓子《かし》を______ませんか。**

要不要吃一點點心呢？

□ **このお菓子《かし》は、変《か》わった味《あじ》が______ますね。**

這個糕點有奇怪的味道。

□ **その品物《しなもの》は、私《わたし》が______かもしれない。**

那商品也許我會接收。

□ **先生《せんせい》のお宅《たく》に______ことがあります。**

我拜訪過老師家。

□ **なにか______ましたか。**

您說什麼呢？

萬用會話

您說了什麼嗎？

何《なに》かおっしゃいましたか。

沒有，我什麼都沒說啊。

いいえ、何《なに》も言《い》ってないですよ。

07 致《いた》し　08 いただく
09 うかがった　10 おっしゃい

011 □□□ □□□	**下《くだ》さる**	他五 給，給予	類 呉《く》れる（給予）
012 □□□ □□□	**差《さ》し上《あ》げる**	他下一 給（“あげる”謙讓語）	類 与《あた》える（給予）
013 □□□ □□□	**拝見《はいけん》・する**	名・他サ 看，拜讀	類 見《み》る（看）
014 □□□ □□□	**参《まい》る**	自五 來，去（“行《い》く、来《く》る”的謙讓語）	類 行《い》く、来《く》る（去／來）
015 □□□ □□□	**申《もう》し上《あ》げる**	他下一 說（「言《い》う」的謙讓語）	類 話《はな》す（講）
016 □□□ □□□	**申《もう》す**	自五 說，叫	類 言《い》う（說）
017 □□□ □□□	**～ございます**	特殊形 “ある”、“あります”的鄭重說法表示尊敬，可不解釋	類 在《あ》る（事物存在的狀態）
018 □□□ □□□	**～でございます**	自・特殊形 “だ”、“です”、“である”的鄭重說法	類 である（表斷定、說明）
019 □□□ □□□	**居《お》る**	自五 （謙讓語）有	
020 □□□ □□□	**存《ぞん》じ上《あ》げる**	他下一 知道（自謙語）	

哪裡不一樣呢？

ご存知《ぞんじ》

尊敬地詢問對方是否知道某事。

存《ぞん》じ上《あ》げる

謙遜地告訴對方自己知道某事。

參考答案
⑪ くださった　⑫ 差《さ》し上《あ》げた　⑬ 拝見《はいけん》した
⑭ まいり　⑮ 申《もう》し上《あ》げ　⑯ 申《もう》し

□ 先生《せんせい》が、今本《いまほん》を＿＿＿＿＿ところです。
老師剛把書給我。

□ ＿＿＿＿＿＿薬《くすり》を、毎日《まいにち》お飲《の》みになってください。
開給您的藥，請每天服用。

□ 写真《しゃしん》を＿＿＿＿＿＿ところです。
剛看完您的照片。

□ ご都合《つごう》がよろしかったら、2時《じ》に＿＿＿＿＿ます。
如果您時間方便，我兩點過去。

□ 先生《せんせい》にお礼《れい》を＿＿＿＿＿ようと思《おも》います。
我想跟老師道謝。

□ 「雨《あめ》が降《ふ》りそうです。」と＿＿＿＿＿ました。
我說：「好像要下雨了。」

□ 山田《やまだ》はただいま接客中《せっきゃくちゅう》で＿＿＿＿＿＿。
山田正在和客人會談。

□ 店員《てんいん》は、「こちらはたいへん高級《こうきゅう》なワイン＿＿＿＿＿＿。」と言《い》いました。
店員説：「這是非常高級的葡萄酒。」

□ 社長《しゃちょう》は今《いま》＿＿＿＿＿＿ません。
社長現在不在。

□ お名前《なまえ》は＿＿＿＿＿＿おります。
久仰大名。

下《くだ》さる

尊敬地表示對方給予自己某物或提供幫助。

やる

給予晚輩或動植物提供幫助。

⑰ ございます　⑱ でございます
⑲ おり　⑳ 存《ぞん》じ上《あ》げて

模擬試題 **錯題糾錯＋解題攻略筆記！**

錯題 & 錯解

正解 & 解析

參考資料

絶對合格
日檢必考單字

N4
新制對應！

第一回　新制日檢模擬考題　文字・語彙
第二回　新制日檢模擬考題　文字・語彙
第三回　新制日檢模擬考題　文字・語彙

＊以「國際交流基金日本國際教育支援協會」的「新しい『日本語能力試験』ガイドブック」為基準的三回「文字・語彙　模擬考題」。

問題1　漢字讀音問題　應試訣竅

這一題要考的是漢字讀音問題。出題形式改變了一些，但考點是一樣的。預估出９題。

漢字讀音分音讀跟訓讀，預估音讀跟訓讀將各佔一半的分數。音讀中要注意的有濁音、長短音、促音、撥音…等問題。而日語固有讀法的訓讀中，也要注意特殊的讀音單字。當然，發音上有特殊變化的單字，出現比率也不低。我們歸納分析一下：

1.音讀：接近國語發音的音讀方法。如：「花」唸成「か」、「犬」唸成「けん」。

2.訓讀：日本原來就有的發音。如：「花」唸成「はな」、「犬」唸成「いぬ」。

3.熟語：由兩個以上的漢字組成的單字。如：「練習、切手、毎朝、見本、為替」等。其中還包括日本特殊的固定讀法，就是所謂的「熟字訓読み」。如：「小豆」（あずき）、「土産」（みやげ）、「海苔」（のり）等。

4.發音上的變化：字跟字結合時，產生發音上變化的單字。如：春雨（はるさめ）、反応（はんのう）、酒屋（さかや）等。

もんだい１　＿＿＿のことばはどうよみますか。１・２・３・４からいちばんいいものを一つえらんでください。

1　かれにもらった指輪をなくしてしまったようです。

1　よびわ　　2　ゆびは　　3　ゆびわ　　4　ゆひは

2 この文法がまちがっている理由をおしえてください。

1 りよう　　2 りゆ　　3 りいよう　　4 りゆう

3 運転手さんに文化かいかんへの行き方を聞きました。

1 うんでんしょ　　2 うんでんしょ

3 うんてんしゅう　　4 うんてんしゅ

4 校長せんせいのおはなしがおわったら、すいえいの競争がはじまります。

1 きょそう　　2 きょうそ　　3 きょうそう　　4 きょうそお

5 ことし100さいになる男性もパーティーに招待されました。

1 しょうたい　　2 しょうだい　　3 しょおたい　　4 しょうた

6 小説をよみはじめるまえに食料品をかいにスーパーへいきます。

1 しょうせつ　　2 しょおせつ　　3 しゃせつ　　4 しょうせっつ

7 果物のおさけをつくるときは、3かげつぐらいつけたほうがいい。

1 くたもの　　2 くだもん　　3 くだもの　　4 くだも

8 再来月、祖母といっしょに展覧会にいくつもりです。

1 さいらいげつ　　2 らいげつ　　3 さらいげつ　　4 さらいつき

9 美術館にゴッホの作品が展示されています。

1 みじゅつかん　　2 びじゅつかん

3 めいじゅつかん　　4 げいじゅつかん

問題2　漢字書寫問題　應試訣竅

這一題要考的是漢字書寫問題，出題形式改變了一些，但考點是一樣的。問題預估為６題。

這道題要考的是音讀漢字跟訓讀漢字，預估將各佔一半的分數。音讀漢字考點在識別詞的同音異字上，訓讀漢字考點在掌握詞的意義，及該詞的表記漢字上。

解答方式，首先要仔細閱讀全句，從句意上判斷出是哪個詞，浮想出這個詞的表記漢字，確定該詞的漢字寫法。也就是根據句意確定詞，根據詞意來確定字。如果只看畫線部分，很容易張冠李戴，要小心。

もんだい２　＿＿＿のことばはどうかきますか。１・２・３・４からいちばんいいものを一つえらんでください。

10　ねつが36どまでさがったから、もう心配しなくていいです。

1　塾　　2　熱　　3　熟　　4　勢

11　へやのすみは道具をつかってきれいにそうじしなさい。

1　遇　　2　隅　　3　禺　　4　偶

12　にほんせいの機械はとても高いそうですよ。

1　姓　　2　性　　3　製　　4　制

13　ごぞんじのとおり、このパソコンはこしょうしています。

1　古障　　2　故障　　3　故章　　4　故症

14 事務所のまえにちゅうしゃじょうがありますので、くるまできてもいいですよ。

1 注車場　　2 往車場　　3 駐車場　　4 駐車所

15 くつのなかに砂がはいって、あるくといたいです。

1 靴　　2 鞍　　3 鞄　　4 輯

問題3　選擇符合文脈的詞彙問題　應試訣竅

這一題要考的是選擇符合文脈的詞彙問題。這是延續舊制的出題方式，問題預估為10題。

這道題主要測試考生是否能正確把握詞義，如類義詞的區別運用能力，及能否掌握日語的獨特用法或固定搭配等等。預測名詞、動詞、形容詞、副詞的出題數都有一定的配分。另外，外來語也估計會出一題，要多注意。

由於我們的國字跟日本的漢字之間，同形同義字佔有相當的比率，這是我們得天獨厚的地方。但相對的也存在不少的同形不同義的字，這時候就要注意，不要太拘泥於國字的含義，而混淆詞義。應該多從像「暗号で送る」（用暗號發送）、「絶対安静」（得多靜養）、「口が堅い」（口風很緊）等日語固定的搭配，或獨特的用法來做練習才是。以達到加深對詞義的理解、觸類旁通、豐富詞彙量的目的。

もんだい３　（　　　）になにをいれますか。１・２・３・４からいちばんいいものを一つえらんでください。

16　さむいのがすきですから、＿＿＿＿はあまりつけません。

1　だんぼう　　2　ふとん　　3　コート　　4　れいぼう

17　きのう、おそくねたので、きょうは＿＿＿＿。

1　うんてんしました　　2　うんどうしました

3　ねぼうしました　　4　すべりました

18　６じを＿＿＿＿、しょくじにしましょうか。

1　きたら　　2　くると　　3　まえ　　4　すぎたら

19 けんきゅうしつのせんせいは、せいとにとても＿＿＿＿です。

1 くらい　2 うれしい　3 きびしい　4 ひどい

20 かいしゃにいく＿＿＿＿、ほんやによりました。

1 うちに　2 あいだ　3 ながら　4 とちゅうで

21 おとうとをいじめたので、ははに＿＿＿＿。

1 しっかりしました　2 しっぱいしました

3 よばれました　4 しかられました

22 もう＿＿＿＿だとおもいますが、アメリカにりゅうがくすることになりました。

1 ごちそう　2 ごくろう　3 ごぞんじ　4 ごらん

23 かぜをひいたので、あさから＿＿＿＿がいたいです。

1 こえ　2 のど　3 ひげ　4 かみ

24 こうこうせいになったので、＿＿＿＿をはじめることにしました。

1 カーテン　2 オートバイ　3 アルバイト　4 テキスト

25 なつやすみになったら、＿＿＿＿おばあちゃんにあいにいこうとおもいます。

1 ひさしぶりに　2 だいたい　3 たぶん　4 やっと

問題4　替換同義詞　應試訣竅

這一題要考的是替換同義詞，或同一句話不同表現的問題，這是延續舊制的出題方式，問題預估為 5 題。

這道題的題目預測會給一個句子，句中會有某個關鍵詞彙，請考生從 4 個選項句中，選出意思跟題目句中該詞彙相近的詞來。看到這種題型，要能馬上反應出，句中關鍵字的類義跟對義詞。如：「太る」（肥胖）的類義詞有「肥える、肥る…」等；「太る」的對義詞有「やせる…」等。

這對這道題，準備的方式是，將詞義相近的字一起記起來。這樣，透過聯想記憶來豐富詞彙量，並提高答題速度。

另外，針對同一句話不同表現的「換句話説」問題，可以分成幾種不同的類型，進行記憶。例如：

比較句

○中小企業は大手企業より資金力が乏しい。

○大手企業は中小企業より資金力が豊かだ。

分裂句

○今週買ったのは、テレビでした。

○今週は、テレビを買いました。

○部屋の隅に、ごみが残っています。

○ごみは、部屋の隅にまだあります。

敬語句

○お支払いはいかがなさいますか。

○お支払いはどうなさいますか。

同概念句

○夏休みに桜が開花する。

○夏休みに桜が咲く。

…等。

也就是把「換句話説」的句子分門別類，透過替換句的整理，來提高答題正確率。

もんだい4 ＿＿＿＿のぶんとだいたいおなじいみのぶんがあります。
1・2・3・4からいちばんいいものを一つえらんでください。

26 ちょうどでんわをかけようとおもっていたところです。

1 でんわをかけたはずです。

2 ちょうどでんわをかけていたところです。

3 これからでんわをかけるところでした。

4 ちょうどでんわをかけたところです。

27 きのうはなにがつれましたか。

1 きのうはどんなにくがとれましたか。

2 きのうはどんなにやさいがとれましたか。

3 きのうはどんなさかながとれましたか。

4 きのうはどんなくだものがとれましたか。

28 いそいでいたので、くつしたをはかないままいえをでました。

1 いそいでいたので、くつしたをはいてからいえをでました。

2 いそいでいたのに、くつしたをはかずにいえをでました。

3 いそいでいたのに、くつしたをはいたままいえをでました。

4 いそいでいたので、くつしたをぬいでいえをでました。

29 いとうせんせいのせつめいは、ひじょうにていねいではっきりしています。

1 いとうせんせいのせつめいはかんたんです。

2 いとうせんせいのせつめいはわかりやすいです。

3 いとうせんせいのせつめいはふくざつです。

4 いとうせんせいのせつめいはひどいです。

30 きょうはぐあいがわるかったので、えいがにいきませんでした。

1 きょうはべんりがわるかったので、えいがにいきませんでした。

2 きょうはつごうがわるかったので、えいがにいきませんでした。

3 きょうはようじがあったので、えいがにいきませんでした。

4 きょうはたいちょうがわるかったので、えいがにいきませんでした。

問題5　判斷語彙正確的用法　應試訣竅

這一題要考的是判斷語彙正確用法的問題，這是延續舊制的出題方式，問題預估為５題。

詞彙在句子中怎樣使用才是正確的，是這道題主要的考點。預測名詞、動詞、形容詞、副詞的出題數都有一定的配分。名詞以２個漢字組成的詞彙為主、動詞有漢字跟純粹假名的、副詞就以往經驗來看，也有一定的比重。

針對這一題型，該怎麼準備呢？方法是，平常背詞彙的時候，多看例句，多唸幾遍例句，最好是把單字跟例句一起背。這樣，透過仔細觀察單字在句中的用法與搭配的形容詞、動詞、副詞…等，可以有效增加自己的「日語語感」。而該詞彙是否適合在該句子出現，很容易就感覺出來了。

もんだい５　つぎのことばのつかいかたでいちばんいいものを１・２・３・４から一つえらんでください。

31　ほめる

1　こどもがしゅくだいをわすれたので、ほめました。
2　あのくろいいぬは、ほかのいぬにほめられているようです。
3　わたしのしっぱいですから、そんなにほめないでください。
4　子どもがおてつだいをがんばったので、ほめてあげました。

32　もうすぐ

1　しあいはもうすぐはじまりましたよ。
2　もうすぐおはなみのきせつですね。
3　なつやすみになったので、もうすぐたのしみです。
4　わたしのばんがおわったのでもうすぐほっとしました。

33 ひきだし

1 ひきだしにコートをおいてもいいですよ。

2 ひきだしのうえにテレビとにんぎょうをかざっています。

3 ひきだしからつめたいのみものを出してくれますか。

4 ひきだしにはノートやペンがはいっています。

34 あく

1 ひどいかぜをひいて、すこしあいてしまいました。

2 水曜日のごごなら、時間があいていますよ。

3 テストのてんすうがあまりにあいたので、お母さんにおこられました。

4 朝からなにもたべていませんので、おなかがとてもあいています。

35 まじめに

1 あつい日がつづきますから、おからだどうぞまじめにしてください。

2 それはもうつかいませんから、まじめにかたづければいいですよ。

3 かのじょはしごともべんきょうもまじめにがんばります。

4 あのひとはよくうそをつくので、みんなまじめにはなしをききます。

もんだい１　＿＿＿のことばはどうよみますか。１・２・３・４からいちばんいいものを一つえらんでください。

1　かいしゃのまわりはちかてつもあり、交通がとてもべんりです。

1　こおつ　　2　こうつう　　3　こほつう　　4　こうつ

2　警官に事故のことをいろいろはなしました。

1　けいかん　　2　けいがん　　3　けえかん　　4　けへかん

3　経済のことなら伊藤さんにうかがってください。かれの専門ですから。

1　けえざい　　2　けいざい　　3　けへざい　　4　けいさい

4　社長からの贈り物は今夜届くことになっています。

1　しゃちょお　　2　しゃっちょ　　3　しゃちょう　　4　しゃちょ

5　ごはんをたべるまえに歯を磨くのが私の習慣です。

1　しゅがん　　2　しゅうかん　　3　しゅかん　　4　しょうかん

6　あには政治や法律をべんきょうしています。

1　ほふりつ　　2　ほうりつ　　3　ほりつ　　4　ほおりつ

7　港に着いた時は、もう船がしゅっぱつした後でした。

1　ふに　　2　ふな　　3　うね　　4　ふね

8 煙草をたくさん吸うと体に良くないですよ。

1 たはこ　2 たばこ　3 たはご　4 だはこ

9 何が原因で火事が起こったのですか。

1 げんいん　2 げえいん　3 げいいん　4 げいん

もんだい２　＿＿＿のことばはどうかきますか。１・２・３・４からいちばんいいものを一つえらんでください。

10　工場に泥棒がはいって、しゃちょうのさいふがとられました。

1　財希　　2　賺布　　3　財布　　4　財巾

11　そぼが生まれた時代には、エスカレーターはありませんでした。

1　阻母　　2　租母　　3　姐母　　4　祖母

12　注射をしたら、もうたいいんしてもいいそうです。

1　退院　　2　出院　　3　入院　　4　撤院

13　すずき先生いのこうぎがきけなかったので、とても残念です。

1　校義　　2　講儀　　3　講義　　4　講議

14　きょうからタイプを特別にれんしゅうすることにしました。

1　聯習　　2　練習　　3　煉習　　4　連習

15　なつやすみの計画については、あとでお父さんにそうだんします。

1　相談　　2　想談　　3　想淡　　4　相淡

もんだい３　（　　　）になにをいれますか。１・２・３・４からいちばんいいものを一つえらんでください。

16 くちにたくさんごはんがはいっているときに、はなしたら＿＿＿ですよ。

1 そう　　2 きっと　　3 うん　　4 だめ

17 ずっとまえから、つくえのひきだしが＿＿＿。

1 われています　　2 こわれています

3 こわしています　　4 とまっています

18 すずきさんは、＿＿＿言わないので、何をかんがえているのかよくわかりません。

1 もっと　　2 はっきり　　3 さっぱり　　4 やっぱり

19 いらないなら、＿＿＿ほうがへやがかたづきますよ。

1 もらった　　2 くれた　　3 すてた　　4 ひろった

20 かぜをひかないように、寝るときはクーラーを＿＿＿。

1 あけません　　2 けしません　　3 やめません　　4 つけません

21 ちょっと＿＿＿がありますので、ごごはおやすみをいただきます。

1 もの　　2 おかげ　　3 ふべん　　4 ようじ

22 あたたかくなってきたので、木にもあたらしい＿＿＿がたくさんはえてきました。

1 は　　2 つち　　3 くさ　　4 くも

23 えんそくのおべんとうは＿＿＿＿がいいです。

1　ラジオ　　2　サンドイッチ

3　オートバイ　　4　テキスト

24 ＿＿＿＿かいぎしつにはいっていったのは、いとうさんですか。

1　このごろ　　2　あとは　　3　さっき　　4　これから

25 そんなにおこって＿＿＿＿いないで、たのしいことをかんがえましょうよ。

1　まま　　2　だけ　　3　おかげ　　4　ばかり

もんだい4　＿＿＿＿のぶんとだいたいおなじいみのぶんがあります。
１・２・３・４からいちばんいいものを一つえらんでください。

26 こうこうせいのあには、アルバイトをしています。

1 あには何もしごとをしていません。

2 あにはかいしゃいんです。

3 あにはときどきしごとに行きます。

4 あには、まいにち朝から夜まではたらいています。

27 わたしがるすの時に、だれか来たようです。

1 わたしが家にいない間に、だれか来たようです。

2 わたしが家にいる時、だれか来たようです。

3 わたしが家にいた時、だれか来たようです。

4 わたしが家にいる間に、だれか来たようです。

28 ほうりつとぶんがく、りょうほう勉強することにしました。

1 ほうりつとぶんがく、どちらも勉強しないことにしました。

2 ほうりつかぶんがくを勉強することにしました。

3 ほうりつとぶんがくのどちらかを勉強することにしました。

4 ほうりつとぶんがく、どちらも勉強することにしました。

29 だいがくの友達からプレゼントがとどきました。

1 だいがくの友達はプレゼントをうけとりました。

2 だいがくの友達がプレゼントをおくってくれました。

3 だいがくの友達へプレゼントをおくりました。

4 だいがくの友達にプレゼントをあげました。

30 しらせをうけて、母はとてもよろこんでいます。

1 しらせをうけて、母はとてもさわいでいます。

2 しらせをうけて、母はとてもおどろいています。

3 しらせをうけて、母はとてもびっくりしています。

4 しらせをうけて、母はとてもうれしがっています。

もんだい５　つぎのことばのつかいかたでいちばんいいものを１・２・３・４から一つえらんでください。

31　ふくしゅうする

1　２ねんせいがおわるまえに、３ねんせいでならうことをふくしゅうします。

2　今日ならったことは、家にかえって、すぐふくしゅうします。

3　らいしゅうべんきょうすることをふくしゅうしておきます。

4　あした、がっこうであたらしいぶんぽうをふくしゅうします。

32　なかなか

1　10ねんかかったじっけんが、ことしなかなかせいこうしました。

2　そらもくらくなってきたので、なかなかかえりましょうよ。

3　いとうさんなら、もうなかなかかえりましたよ。

4　いそがしくて、なかなかおはなしするきかいがありません。

33　かみ

1　なつになったので、かみをきろうとおもいます。

2　ごはんをたべたあとは、かみをきれいにみがきます。

3　ちいさいごみがかみにはいって、かゆいです。

4　がっこうへ行くときにけがをしました。かみがいたいです。

34　おく

1　かぜをひいて、ねつが40おくちかくまででました。

2　えきのとなりのデパートをたてるのに３おくかかったそうですよ。

3　わたしのきゅうりょうは、1カ月だいたい30おくあります。

4　さかなやでおいしそうなイカを３おくかいました。

35 ひろう

1 もえないごみは、かようびのあさにひろいます。

2 すずきさんがかわいいギターをわたしにひろってくれました。

3 がっこうへいくとちゅうで、500えんひろいました。

4 いらなくなったほんは、ともだちにひろうことになっています。

もんだい１　＿＿＿のことばはどうよみますか。１・２・３・４からいちばんいいものを一つえらんでください。

1　わからなかったところをいまから復習します。

1　ふくしょう　2　ふくしゅう　3　ふくしゅ　4　ふくしょお

2　おおきな音に驚いて、いぬがはしっていきました。

1　おとろいて　2　おどろいて　3　おどるいて　4　おどらいて

3　ベルがなって電車が動きだしました。

1　うごき　2　ゆごき　3　うこき　4　うこぎ

4　再来週、柔道の試合がありますから頑張ってれんしゅうします。

1　さいらいしゅ　2　さえらいしゅう

3　さらいしゅう　4　さらいしょう

5　祖父は昔、しんぶんしゃではたらいていました。

1　そひ　2　そふ　3　そぼ　4　そふぼ

6　世界のいろんなところで戦争があります。

1　せんそ　2　せんぞう　3　せんそお　4　せんそう

7　母はとなりのお寺の木をたいせつに育てています。

1　そたてて　2　そだてて　3　そうだてて　4　そったてて

8 かいしゃの事務所に<u>泥棒</u>が入ったそうです。

1 どろほう　　2 どろぼ　　3 どろぽう　　4 どろぼう

9 いとうさんは<u>非常</u>に熱心に発音のれんしゅうをしています。

1 ひっじょう　　2 ひじょ　　3 ひじょう　　4 ひしょう

もんだい２　＿＿＿のことばはどうかきますか。１・２・３・４からいちばんいいものを一つえらんでください。

10 かれはしんせつだし、優しい、しクラスのにんきものです。

1 新切　　2 真切　　3 親窃　　4 親切

11 台風のせいで、水道もでんきもとまってしまいました。

1 電機　　2 電気　　3 電池　　4 電器

12 しょうらい、法律にかんする仕事をしたいとおもっています。

1 将來　　2 将来　　3 未来　　4 蒋来

13 この問題ちょっとふくざつですから、みなでかんがえましょう。

1 複雑　　2 复雜　　3 複雜　　4 復雜

14 おおきな地震が起きて、たくさんの家がこわれました。

1 割れました　　2 壊れました　　3 崩れました　　4 破れました

15 海岸のちかくはきけんですから、一人でいってはいけませんよ。

1 危剣　　2 危険　　3 危倹　　4 棄験

もんだい３　（　　　）になにをいれますか。１・２・３・４からいちばんいいものを一つえらんでください。

16　ふるいじしょですが、つかいやすいし、とても＿＿＿＿。

1　だします　2　やくにたちます

3　みつかります　4　ひらきます

17　はるになると、あのこんえんにはきれいなはながたくさん＿＿＿＿。

1　のびます　2　でます　3　さきます　4　あきます

18　このいしは、せかいにひとつしかないとても＿＿＿＿ものです。

1　ほそい　2　めずらしい　3　うれしい　4　ほしい

19　15＿＿＿＿3は5です。

1　たす　2　ひく　3　かける　4　わる

20　こたえがわかるひとは、てを＿＿＿＿くださいね。

1　あけて　2　たって　3　たてて　4　あげて

21　あそこでたのしそうに＿＿＿＿のが、わたしのおにいちゃんです。

1　はしっている　2　おこっている　3　しっている　4　わかっている

22　おいしゃさんに、らいしゅうには＿＿＿＿できるといわれました。

1　たいいん　2　そつぎょう　3　ていいん　4　にゅうがく

23 いもうとのけっこんしきには、＿＿＿＿をきていくつもりです。

1 もめん　　2 くつした　　3 きもの　　4 ぼうし

24 ＿＿＿＿のじゅぎょうでは、よくじっけんをします。

1 ぶんがく　　2 ほうりつ　　3 けいざい　　4 かがく

25 ぼくの＿＿＿＿は、しゃちょうになることです。

1 ほし　　2 ゆめ　　3 そら　　4 つき

もんだい４　＿＿＿＿のぶんとだいたいおなじいみのぶんがあります。１・２・３・４からいちばんいいものを一つえらんでください。

26　いもうとは、むかしから体がよわいです。

1　いもうとはむかしから、とても元気です。

2　いもうとはむかしから、ほとんどかぜをひきません。

3　いもうとはむかしから、よくびょうきをします。

4　いもうとはむかしから、ほとんどびょういんへ行きません。

27　もうおそいですから、そろそろしつれいします。

1　もうおそいですから、そろそろ寄ります。

2　もうおそいですから、そろそろむかえに行きます。

3　もうおそいですから、そろそろ来ます。

4　もうおそいですから、そろそろ帰ります。

28　ぶたにくいがいは、何でもすきです。

1　どんなにくも、すきです。

2　ぶたにくだけ、すきです。

3　ぶたにくだけはすきではありません。

4　ぶたにくもほかのにくも何でもすきです。

29　木のしたに、ちいさなむしがいました。

1　木のしたで、ちいさなむしをみつけました。

2　木のしたで、ちいさなむしをけんぶつしました。

3　木のしたで、ちいさなむしをひろいました。

4　木のしたに、ちいさなむしをおきました。

30 だいたいみっかおきに、家に電話をかけます。

1 だいたい毎月みっかごろに、家に電話をかけます。

2 だいたい１週間に２かい、家に電話をかけます。

3 だいたい１日に２、３かい、家に電話をかけます。

4 だいたい３時ごろに、家に電話をかけます。

もんだい５　つぎのことばのつかいかたでいちばんいいものを１・２・３・４から一つえらんでください。

31　へん

1　テレビのちょうしがちょっとへんです。

2　くすりをのんでから、ずいぶんへんになりました。よかったです。

3　このふくはへんで、つかいやすいです。

4　すずきさんはいつもとてもへんにいいます。

32　たおれる

1　ラジオが雨にぬれてたおれてしまいました。

2　コップがテーブルからたおれました。

3　今日はみちがたおれやすいので、気をつけてね。

4　だいがくのよこの大きな木が、かぜでたおれました。

33　きっと

1　太郎くんがきっとてつだってくれたので、もうできました。

2　４年間がんばって、きっとだいがくにごうかくしました。

3　私のきもちはきっときめてあります。

4　きっとだいじょうぶだから、そんなにしんぱいしないで。

34 ねだん

1 がいこくでは、おみせの人にすこしねだんをあげるそうです。

2 こまかいねだんは、こちらのさいふに入れています。

3 がんばってはたらいても、1カ月のねだんは少ないです。

4 気にいりましたので、ねだんがたかくてもかおうと思います。

35 しょうたいする

1 らいげつのしけんにしょうたいしてください。

2 じょうしから、あすのかいぎにしょうたいされました。

3 だいがくのともだちをけっこんしきにしょうたいするつもりです。

4 ちょっとこっちにきて、このさくひんをしょうたいなさいませんか。

第一回

問題 1

1	3	2	4	3	4	4	3	5	1
6	1	7	3	8	3	9	2		

問題 2

10	2	11	2	12	3	13	2	14	3
15	1								

問題3

16	1	17	3	18	4	19	3	20	4
21	4	22	3	23	2	24	3	25	1

問題4

26	3	27	3	28	2	29	2	30	4

問題5

31	4	32	2	33	4	34	2	35	3

第二回

問題 1

1	2	2	1	3	2	4	3	5	2
6	2	7	4	8	2	9	1		

問題 2

10	3	11	4	12	1	13	3	14	2
15	1								

問題3

16	4	17	2	18	2	19	3	20	4
21	4	22	1	23	2	24	3	25	4

問題4

26	3	27	1	28	4	29	2	30	4

問題5

31	2	32	4	33	1	34	2	35	3

第三回

問題 1

1	2	2	2	3	1	4	3	5	2
6	4	7	2	8	4	9	3		

問題 2

10	4	11	2	12	2	13	1	14	2
15	2								

問題3

16	2	17	3	18	2	19	4	20	4
21	1	22	1	23	3	24	4	25	2

問題4

26	3	27	4	28	3	29	1	30	2

問題5

31	1	32	4	33	4	34	4	35	3

模擬試題 **錯題糾錯＋解題攻略筆記！**

錯題 & 錯解

正解 & 解析

參考資料

絶對合格
日検必考單字

索　引

Japanese Index

N4

新制對應！

索引 Sakuin / Japanese Index

え

お

模擬試題 **錯題糾錯＋解題攻略筆記！**

錯題 & 錯解

正解 & 解析

參考資料

【日檢智庫QR碼 32】

Qr-Code
線上音檔

用填空背單字＆情境網
絕對合格 日檢必考單字N4（25K）

■發行人／林德勝

■著者／吉松由美、林勝田 著

■出版發行／山田社文化事業有限公司
地址 臺北市大安區安和路一段112巷17號7樓
電話 02-2755-7622　02-2755-7628
傳真 02-2700-1887

■郵政劃撥／19867160號 大原文化事業有限公司

■總經銷／聯合發行股份有限公司
地址 新北市新店區寶橋路235巷6弄6號2樓
電話 02-2917-8022
傳真 02-2915-6275

■印刷／上鎰數位科技印刷有限公司

■法律顧問／林長振法律事務所 林長振律師

■書+QR碼／定價 新台幣 349元

■初版／2023年 5月

© ISBN : 978-986-246-758-9

山田社

山田社